陰陽師

太極卷

陰陽師系列
第七部

夢枕獏——著
茂呂美耶——譯

新版推薦序

伴隨《陰陽師》系列小說十五年有感

承接《陰陽師》系列小說的編輯來信通知，明年一月初將出版重新包裝的第一部《陰陽師》，並邀我寫一篇序文。

收到電郵那時，我正在進行第十七部《陰陽師螢火卷》的翻譯工作，而且，由於晴明和博雅這兩人拖拖拉拉了將近三十年的曖昧關係（中文繁體版則爲十五年），終於有了一小步進展，令我陷入興奮狀態，於是立即回信答應寫序文。因爲我很想在序文中向某些初期老粉絲報告：「喂喂喂，大家快看過來，我們的傻博雅總算開竅了啦！」

其實，我並非喜歡閱讀BL（男男愛情）小說或漫畫的腐女，《陰陽師》也並非BL小說，但是，我記得十多年前，曾經在網站留言版和一些《陰陽師》死忠粉絲，針對晴明和博雅之間的曖昧感情，嬉笑怒罵地聊得鼓樂喧天，好不熱鬧。

說實在的，比起正宗BL小說，《陰陽師》的耽美度其實並不高。就我個人觀點而言，這部系列小說的主要成分是「借妖鬼話人心」，講述的是善變的人心，無常的人生。可是，某些讀者，例如我，經常在晴明和博雅的對話中，敏感地聞出濃厚的ＢＬ味道，並為了他們那若隱若現，或者說，半遮半掩的愛意表達方式，時而抿嘴偷笑，時而暗暗奸笑。

身為譯者的我，有時會為了該如何將兩人對話中的那股濃濃愛意，翻譯得不露骨，但又不能含糊帶過的問題，折騰得三餐都以飯糰或茶泡飯草草果腹，甚至一句話要改十遍以上。太露骨，沒品；太含蓄，無味。所幸，這種對話不是很多。是的，直至第十六部《陰陽師蒼猴卷》為止，這種對話確實不多。

然而，我萬萬沒想到，到了第十七部《陰陽師螢火卷》，竟然出現了令我情不自禁大喊「喂喂，博雅，你這樣調情，可以嗎？」的對話！不過，請非腐族讀者放心，這種對話依舊不是很多，況且，說不定我們那個憨厚的傻博雅，不明白自己說的那些話其實是一種調情。而能塑造出讓讀者感覺「明明在調情，但調情者或許不明白自己在調情」的情節的小說家夢枕大師，更令人起敬。

話說回來，不論以讀者身分或譯者身分來看，《陰陽師》系列小說最吸引我的場景，均是晴明宅邸庭院。那庭院，看似雜亂無章，卻隨著季節交替輪換而自有一番情韻。倘若我在進行翻譯工作時的季節，恰好與小說中的季節相符，我會翻譯得特別來勁，畢竟晴明庭院中那些常見的花草，以及，夏天吵得不可開交的蟬鳴和秋天唱得不可名狀的夜蟲，我家院子都有。只是，我家院子的規模小了許多，大概僅有晴明宅邸庭院的百分或千分之一吧。

為了寫這篇序文，我翻出《陰陽師飛天卷》、《陰陽師付喪神卷》、《陰陽師鳳凰卷》等早期的作品，重新閱讀。不僅讀得津津有味，甚至讀得久違多年在床上迎來深秋某日清晨的第一道曙光。

此外，我也很佩服當年的自己，竟然能把小說中那些和歌翻譯得那麼美。不是我在自吹自擂，是真的。我跟夢枕大師一樣，都忘了早期那些作品的故事內容，重讀舊作時，我真的在文字中看到當年為了翻譯和歌，夜夜在書桌前和古籍資料搏鬥的自己的身影。啊，畢竟那時還年輕，身子經得起通宵熬夜的摧殘，大腦也耐得住古文和歌的折磨。如今已經不行了，都盡量在夜晚十點上床，十一點便關燈。因為我在明年的生日那天，要穿大紅色的「還曆祝著」（紅色帽子、紅色背心），慶祝自己的人生回到起點，得以重新再活一次。

如果情況允許，我希望能夠一直擔任《陰陽師》系列小說的譯者，更希望在我穿上大紅色背心之後的每個春夏秋冬，仍可以自由自在穿梭於晴明宅邸庭院。

茂呂美耶

於二〇一七年十一月某個深秋之夜

目錄

三百六十二隻黃金蟲

一

陽光照在紅葉上，閃閃發光。

午後陽光，正緩緩回歸天邊。

方才映照整個庭院的陽光，現在只曬得到較高的草叢葉尖。自西側伸長的瓦頂泥牆陰影也罩上紅葉樹根。

開著黃花的敗醬草①叢，在逐漸西斜的陽光中露出頭部。

秋陽正悠然步入垂暮。

「眞是安詳的一天。」喃喃說著這話的，是源博雅。

博雅坐在窄廊，視線投向庭院。

此處是安倍晴明宅邸——

晴明支著腿坐在博雅面前。背倚柱子，雙眼半睜半闔，瞇著眼、痴然如醉地傾聽博雅的聲音。

晴明細長白皙的右手指尖，舉著只剩半杯酒的酒杯。

「晴明啊，這樣坐著觀賞庭院，那些花草樹木、風啊、陽光啊，看起來很像在彈奏一首大自然樂曲吧？」

博雅手中的酒杯，已經空了。

---

①日文為「女郎花」，學名*Patrinia scabiosaefolia*。多年生草本植物，秋天七草之一，中藥上多用於清熱解毒。

不久之前，博雅便喝光杯中的酒，只是還未將酒杯擱在地板。

「今天一整天，我感覺自己的身體好像都沉浸在大自然樂音中。」

博雅仰頭望著屋簷上方的青空。

青空瀰漫著秋陽。秋陽朗朗，宛如響徹高空風中的嘹亮笛聲。

晴明不作聲。

看樣子，即便是自博雅雙脣中斷斷續續流瀉出的聲音與話語，聽在晴明耳裡，也像大自然樂音一樣。

中午前，博雅就到晴明宅邸。

「今天是個秋高氣爽的大好日子……」博雅望著晴明說，「結果突然很想來看你。」語畢，靦腆微笑。

之後，兩人無所事事，有一句沒一句地聊著，坐在同樣的窄廊上，一整天都眺望著秋日庭院。

偶爾，將近半個時辰，彼此默默無語。

長時間的沉默，對晴明與博雅來說，絲毫不感覺痛苦。

博雅在自己的酒杯斟滿了酒，也在晴明的酒杯斟滿了酒。

兩人悠閒自在地喝酒。

蜜蟲、蜜夜均不在身邊。

只有他們單獨二人。

宅邸內不見其他任何人，只有酒瓶空了時，蜜蟲會神不知鬼不覺出現，在酒瓶內添酒。

博雅早已讓自己所乘的牛車回去了。

歸程時，晴明應該會讓博雅乘自己的牛車；若沒牛車也無妨，頂多徒步回家。以前博雅也曾不乘牛車徒步來到晴明宅邸，或徒步回家。

這是家常便飯。

此男子有時會滿不在乎地做出宮廷之人不應有的行爲。

而這些行爲對博雅來說，全然不以爲意。

「話說回來，晴明……」博雅似乎想起某事，向晴明搭話。

「什麼事？博雅。」晴明仍半瞇著眼回應。

「你聽過惠增上人的事嗎？」

「醍醐寺的惠增和尚？」

「嗯。」

「怎麼回事？」

「這是十天前，惠增上人自己說給皇上聽的。這事非常奇異，所以皇上又說給近臣聽，最後傳到我們耳裡。」

「喔，那應該是他老是無法記下《法華經》中某兩個字的那件事吧？」

「原來風聲也傳到你這兒來了？」

「那又怎麼了？」

「不怎麼了，我只是覺得這世上還眞有此咄咄怪事。但仔細想想，又覺得很有道理。剛剛望著庭院，不知怎的，突然想起這事。」博雅說。

事情是這樣的：

博雅所說的惠增上人之事，是這幾天宮中公卿貴族間的熱門話題。

伏見醍醐寺的惠增上人，是年輕時便有「其才蓋世無雙」之譽的秀才。

不但短時間內便將《仁王經》、《涅槃經》默記下來，而且能以比閱讀更快的速度，輕鬆將之背誦出來。

然而，當他接著想默記《法華經》，卻遭受挫折。

《法華經》是長篇的大部頭經典。要全部默記當然非常困難，但據說惠增幾乎已全部背下。

不過，只有兩個字，惠增怎麼也背不下來。

這兩個字正是《方便品》中〈比丘偈〉裡的「瞻仰」一詞。

相視懷猶豫

瞻仰兩足尊

經文內容如此。

所謂「兩足尊」，指的是佛陀；「瞻仰」則是仰望佛陀之意。

而「瞻仰」一詞，無論惠增讀了多少遍，總無法默記下來。

他通常邊讀經典，邊屢次重複背誦內容，待覺得應該已暗記下來而闔上經典，當下就忘了那兩個字到底是什麼。

這到底怎麼回事？

若說腦筋不好才無法默記，那《仁王經》、《涅槃經》也應該無法默記才是。

即便是《法華經》，除了那兩個字，其他內容幾乎都可以倒背如流了。

到底是什麼原因致使他無法默記這兩個字？

爲了探討原因，惠增到長谷寺閉居了七天。

「祈求大悲觀世音讓我能夠默記此二字。」惠增如此祈禱。

結果，第七天黎明，一位老僧出現於惠增夢中。

那老僧告訴惠增，自己是觀世音菩薩的使者，並說：

「老身來幫你默記那兩個字吧。」

接著又說：「首先，你無法默記《法華經》那兩個字的原因，在於你的前世因緣。」

「我的前世？」

「你前世是播磨國②賀古郡大願寺的僧侶。某天，你面對火盆誦讀《法華經》第一卷經文時，湊巧飛來兩粒星火，落在你手上的《法華經》，燒掉了兩個字。那兩個字正是『瞻仰』。而你還不及補寫那兩個字，就過世了。那部《法華經》目前還在大願寺內。你只要到那寺廟，再度拜讀《法華經》，將那燒掉的兩個字補上就行了。如此，你應該可以默記那兩個字吧。」

老僧說畢，惠增便醒過來。

第二天，惠增立即整裝出門，前往播磨國大願寺。

惠增說明緣故，請對方帶他到經堂看那部《法華經》，果然其中一卷經文中，有燒毀那兩個字的段落。

惠增在經文上黏貼新紙，補寫上「瞻仰」二字，結果當場就能默記整部《法華經》了。

事後，惠增將這段經驗說給皇上聽。

②今日本國兵庫縣西南部。

二

「原來與當事者毫不相干的事，也會結下這種因緣……這世上眞有種種玄妙莫測的力量。」博雅將空酒杯擱回地板，這麼說道。

「這是咒的一種……」晴明低聲說。半瞇的雙眼，依舊望向庭院。

「咒？」

「嗯。」

「喂，你是不是又打算把問題化簡爲繁了？」

「沒那回事。」

「有那回事。晴明，你每次都在我好像領悟了某道理時，就提到咒，把問題變得複雜。」

「我沒有把問題變得複雜。人活在這世上，本來就無時無刻向某物施咒，也無時無刻被某物施咒。」

「……」

「博雅，你聽好。」晴明的視線移回博雅臉上。

「聽、聽什麼？」

「吃飯時，你會用筷子吧？」

「唔，嗯。」

「你用筷子的時候，便已經施咒了……」

「什麼？我不懂。」

「那我問你，何謂筷子？」

「什、什麼？」

「所謂筷子，追根究柢，不就是木條而已嗎？對狗或牛來說，那只是木條而已。但是，人只要握著那木條吃飯，木條便不是木條，而是筷子了。」

「唔，唔……」

「換句話說，你每天吃飯時，都在向那木條施『筷子』的咒。」

「可、可是……」

「可是？」

「我是說，那又會怎麼樣？」

「不怎麼樣。」

「什麼？」

「不怎麼樣，所以才了不起。」

「你是說，每次我們渡橋時，都在向那本來只是木頭的東西施『橋』這個咒；住在家中時，也向本來只是木頭的東西施『房子』這個咒，你是不是這個意思?」

「正是。」

「這，這不就是……」博雅結結巴巴，看似思索適當詞句。不久，才說出：「這不是天經地義的事嗎?」

「正是如此，博雅。我們都天經地義地生活在咒的世界中。」

「這……」

「同樣施『碗』這個咒時，普通人使用的碗，與心上人使用的碗，兩者所中的咒，性質又完全不一樣。無法默記經典中的文字，窮源推本，跟咒的道理其實是一樣的。」

「晴明，你是不是在唬我?」

「我沒唬你。」

「不，你在唬我。我剛剛還自以爲好像領悟到什麼道理，被你這麼一說，到底啥是啥，我現在完全搞混了。」

「那眞是抱歉了。」晴明望著博雅微笑。

「跟我賠罪我也不會開心的。」

「別生氣，博雅。」晴明將握在指尖的酒杯擱在地板，說道：「好像有客人來了。」

三

有人正動作遲鈍地繞到宅邸一側，走進庭院。

是個身穿綠色便服，胖墩墩的男人。

那男人雙眼宛若大田螺，既大又圓。鼻子很低，沒有嘴脣。走路時深深彎著腰，幾乎是以四肢著地匍匐前行。也沒有耳朵。

那男人用雙膝、雙手撥開敗醬草叢，走進庭院，停住腳步。

晴明向立在敗醬草中的男人說：

「呑天，無所謂，讓他們進來吧。」

大概聽到晴明的吩咐，名爲呑天的男人微微點頭，再緩慢轉身，與進來時一樣，動作遲鈍地離去。

「那是？」博雅問。

「那本來是住在廣澤的寬朝僧正③大人池子裡的烏龜。由於某種機緣，現在住在這裡。」

「是式神④？」

「可以這樣說。」

晴明點頭回應時，呑天再度繞過宅邸一側，出現在庭院。

③宇多天皇的孫子。

④受陰陽師施法操控的雜靈。

這回不僅呑天一人。他身後跟著三個人影。
走在前頭的，是一位身穿帶綠淡青色便服的少年。少年身後有個身穿黑色狩衣的高個子男人，及一個身穿破爛窄袖服的童子。
呑天站在剛剛那塊敗醬草叢中，微微頷首，又慢條斯理離去。
敗醬草叢中，剩下三位來客。
身穿黑色狩衣的男人，額上的烏帽帽簷前垂著一塊四方形黑布，看不到他的臉。那塊黑布，看似用薄紗製成。
「久違了，露子小姐。」晴明向身穿帶綠淡青色便服的少年說。
「晴明，你、你說什麼？」博雅驚訝地望向晴明。「露子小姐不就是橘實之大人的女兒嗎？」
今年夏天，晴明與博雅都因赤蠶蟲事件，而同露子姬見過面。⑤
「是的，我們眼前這位來客，正是露子小姐。」晴明說。
博雅仔細端詳少年，然後小聲「啊」地叫出來。
「露子小姐！」
「久違了，晴明大人，博雅大人。」
身穿青綠色便服的少年——露子姬，像是回應博雅的呼喚，以清脆聲音說道。

⑤見《陰陽師龍笛卷》之〈蟲姬〉。

「其他兩位呢？」博雅問。

「是螻蛄男和黑丸。」露子說。

螻蛄男是幫露子收集毛毛蟲的童子。而黑丸則是從蘆屋道滿所製的赤蠶蠱中孵出的式神。按理說，他外型應該像蝴蝶般有對翅膀。

而眼前的男子外表似人。看樣子，他大概把翅膀折疊起來，不知藏在什麼地方了。

「黑丸嗎？」晴明問。

「他眼睛跟普通人不一樣，只好用黑布把眼睛蓋住。」露子邊說，邊環視晴明的庭院。「這庭院真漂亮。」

宛如將山野一隅切割下來，再整個移到此處的庭院。

「我記得上次也說過，我很喜歡這庭院。」

「謝謝。」晴明點頭，再問道：「妳有急事找我嗎？」

「不是急事，但這事非常有趣。」

「有趣？」

「是晴明大人喜歡的那種。」

「這樣啊……」晴明露出微笑，微微歪著頭。「總之，你們先過來吧。到這兒來，我再慢慢聽妳說。」

四

博雅有點手足無措。

露子姬毫不遮掩她不施脂粉的臉龐，若無其事地坐在窄廊。露子的素面，近在咫尺。

臉上不但沒化妝，更沒拔眉毛。牙齒也沒染黑⑥。穿著如同男子一般。以前，露子到這宅邸時，頭上戴著一頂烏帽，將長髮藏在烏帽中。今天穿的是鮮豔的帶綠淡青色便服，長髮束在腦後，垂在背上。

這是個肌膚白皙得近乎透明的美少年——按常情，一個二十出頭的女子，不可能露出五官在街上走動，所以與露子擦身而過的路人，大概沒認出她其實是女子。

然而，對知道她是女兒身的人來說，這身打扮反倒比一般女子更爲嬌艷。細長脖子的線條，彷彿散發香氣般撩人。博雅正是爲此而手足無措。

螻蛄男和黑丸早已退下。窄廊上只有晴明、博雅、露子三人。露子像是發現有趣的新玩具，一直望著博雅。

博雅彷彿抵擋不住露子的視線，開口說：

「可、可是……」

⑥當時認為將牙齒染黑是一種美。

「什麼事？博雅大人。」

「妳、妳這身打扮在外面走動，不會有事嗎？」

「當然不會。沒人會認爲我是女人嘛。」露子淘氣地望著博雅。

露子伸出右手，拾起地板上的酒瓶，拿在左手，向博雅說：

「給您斟杯酒吧。」

「喔，喔。」

博雅情不自禁伸手拿酒杯，但動作有點遲疑。再怎麼說，對方總是殿上人⑦的女兒，怎能讓她斟酒？這層顧慮讓博雅猶豫。

「博雅，無所謂。」晴明說。

晴明也伸手拿酒杯，舉到露子面前說：「我也來一杯。」

「是。」露子在酒杯中斟酒。

晴明將酒杯舉到脣邊，含了一口酒。白皙喉頭上下滾動，微笑說道：

「好酒……」

「博雅大人呢？」露子眼中泛著笑意。

「我、我也來一杯。」

露子往博雅遞出的酒杯斟酒。

晴明看博雅喝下酒，開口問：「露子小姐，妳可以說出理由了吧。」

---

⑦五品以上的貴族或六品以上的官員才能獲允進殿。

露子擱下手中的酒瓶，再度望向晴明。

「晴明大人，我發現了一種很奇怪的嗡嗡。」

「嗡嗡？」

「那是金色的嗡嗡，會發光，在夜晚出現，天一亮就消失。」

「妳看到了？」

「看到了。」

「在哪裡？」

「在廣澤寬朝僧正大人那兒。」

「遍照寺嗎？」

「是的。」露子點頭。

五

據說，那嗡嗡初次飛來，是五天前的夜晚。

那晚——

遍照寺的明德正在讀經。是《涅槃經》。

前些日子開始，他就養成睡前讀經的習慣。師傅寬朝於每晚睡前習慣讀

經，明德也自然而然養成此習慣。

說是讀《涅槃經》，其實也無法在夜晚睡前的短暫時間全部讀完，只是每晚讀上些許而已。

明德在房間點起燈火，藉著燈火讀經。

那晚也是如此。

讀到將近一天分量的一半，他才察覺那奇異的蟲。

他發現身邊的燈火旁，有一兩隻閃閃發光的東西飛舞。

那影子偶爾會映照在明德所讀的《涅槃經》上，所以他才察覺那蟲的存在。

再一看，是小小的蟲。雖沒有蒼蠅那般小，卻比牛虻小一些。

而且，那昆蟲全身發出金黃色的光。映照著燈火，看上去極為美麗。

「奇怪……」

昆蟲於夏天聚集在燈火旁，本是很尋常的事；但已值深秋，昆蟲應該不會飛進來。況且，那是至今從未見過的小蟲。

看著看著，小蟲增至三隻、四隻，不知不覺中，已超過百隻，數量多得無法數計。

明德繼續唸經，唸完後，才發覺方才為數眾多的小蟲已不知去向。

當晚，事情僅止於此。

沒想到第二天夜晚，又發生同樣的事。

明德本已忘了昨夜的事，當晚如常唸經。唸到半途，同樣的事發生了。小小影子在《涅槃經》上時隱時現，明德抬眼一看，燈火四周果然又聚集了金黃色小蟲，嗡嗡飛舞。

不一忽兒，金黃小蟲陸續飛來，多不勝數。小蟲停在明德身上，在衣服上亂爬，又飛走了。伸手抓來一看，明德發現那些小蟲類似小金龜子。

明德感到奇怪，便用絲綢撣下四處飛舞的昆蟲，抓起來放進身邊的竹籠。

他打算等天亮後再仔細觀察這些昆蟲，當晚就那樣把蟲放著，逕自就寢。不料隔天早上醒來一看，竹籠內不見任何一隻小蟲。

第三天、第四天晚上都發生同樣的事。抓了蟲放進竹籠，不讓牠們逃走，但清晨醒來便又無影無蹤。

這一定不是普通的蟲。

按理說，明德應該先同寬朝僧正商討此事，無奈僧正於數日前出發到丹波⑧，還要五天才能回來。

這時，湊巧有人來訪，是橘實之。爲了法事，他帶著幾人同行至遍照

⑧跨越京都府與兵庫縣之間。

寺，露子也一同前往。

明德與實之是老相識，彼此熟稔，明德便將昆蟲的事告訴實之。

「聽說露子小姐對珍奇昆蟲有興趣……」

明德向實之表示，能不能問問露子，看她知不知道是什麼蟲。

實之轉告在另一間房裡休息的露子，從明德那兒聽來的事。

「欸，這好玩呢！」露子發出充滿好奇又興奮的叫聲。

這天，實之和露子一行人預定留宿遍照寺。

「今晚我想看看那些蟲。」

「可是，對方即使是和尚，我也不能讓女兒身的妳進入男人房間。」

「咦，父親大人是說，男人可以於夜晚摸進女人房間，但女人不能到男人房間去嗎？」

「露子，妳說的是歪理啊。這種歪理在世間行不通的，妳要顧一下體面呀！」

「顧什麼體面？只要別講出去，世人怎能知道呢？」一旦說出口，露子就會固執己見。

結果，實之也只能聽女兒的話。他在明德房間內放置屏風，而露子則在屏風後靜待。然而，實之依然不放心讓孤男寡女共處一室，便一同列席。

當晚——

三人於事前準備了竹籠，屏氣斂息地在明德房間等候。

不久，時間到了，明德如常在燈火旁開始朗誦《涅槃經》。

起初什麼事也沒發生。室內迴盪著明德低聲朗誦經文的聲音。

突然，不知何時出現一隻小蟲，在燈火四周飛舞。約小指指尖那麼小的金色粒子，閃閃發光，在燈火下嬉戲。

看著看著，一隻變成兩隻，兩隻又增至三隻，數量愈來愈多。

「哇，好美……」屏風後的露子見狀，發出輕聲驚嘆。

「開始抓蟲吧。」

實之抓住一隻在半空飛舞的昆蟲，放進竹籠。

「父親大人，麻煩您把蟲子放進籠子時，順便數一下數量。」

聽女兒如此吩咐，實之只得邊抓邊一隻兩隻地數。最後總算把所有昆蟲都放進竹籠。

「父親大人，總計有幾隻？」

「二百六十二隻。」

「確實嗎？」

「確實，我不會算錯的。」

「那麼，能把燈火和籠子拿過來嗎？」

實之聽從女兒吩咐，把燈火和籠子拿到屏風另一側。露子接過竹籠，嘆聲道：「眞的好美！」

籠子內的小蟲，身上發出比螢火蟲亮二、三倍的金黃色光芒。亮光自竹子縫隙洩露，美得難以言喻。

「啊，這好像是嗡嗡的一種。」屏風後傳出露子的聲音。

「看起來好像都一樣，仔細看卻又不一樣……」

不久，露子又說：「父親大人，不好意思，麻煩給我紙筆和硯臺好嗎？」

這些東西明德房內都有，實之立即送到屏風後。

「咦，這隻蟲的腳跟其他的不同。」

「這邊這隻，翅膀有點大。」

露子似乎在屏風後逐一寫下每隻蟲的特徵。花了很長時間。

終於，屏風後再度傳來露子的聲音：

「父親大人，您說得沒錯，總計有二百六十二隻。」

接著，屏風後傳出低微的振翅聲，蟲一隻隻飛了出來。

嗡——

喔——

哼——

喁——

振翅聲聽起來是如此。

「喂，露子呀，好不容易才抓到的蟲，爲什麼讓牠們飛掉？」

「反正明天早上會消失吧？既然會消失，不如現在就讓牠們飛掉，好觀賞牠們在半空飛舞。」露子說。

六

「後來蟲怎樣了？」晴明問。

「我只留一隻下來，把籠子擱在枕邊，邊觀賞邊睡著了。但早上醒來就不見了。」

據說，明德房間內那些小蟲也一如往常，於早朝消失。

「所謂早朝？」博雅問。

「就是今天早朝。」露子答。

原來露子一行人於中午回來，父親實之回他自己宅邸後，身邊只剩女

僕，露子立刻換上男裝，帶著黑丸與螻蛄男自家裡偷溜出來了。

「妳當時仔細查看過那些蟲了？」

「是。」露子從懷中取出一張紙，「都寫在這兒了。」

「能不能讓我看看？」

「就是要給您看才帶來的。」

晴明從露子手中接過紙片，當場打開。博雅也從旁探頭觀看。

紙片上寫著：

二百六十二隻

一百一十六種

「什麼意思？」博雅問。

「嗡嗡總計有二百六十二隻的意思。」露子回道。

「一百一十六種呢？」

「每隻的顏色與形狀、腳的數目都不同。雖然類似，仔細看的話，每個部位都有些許不同。有完全相同的，也有完全不同的。我數了數，總計有一百一十六種。」

有關這點，博雅方才也聽聞了。紙片上接著又寫著：

四隻腳的　二十一隻

「這不用說明吧，就是四隻腳的有二十一隻。」

「除了腳有四隻相同，其他部位不同？」

「不，博雅大人，這是說，不僅四隻腳相同，連翅膀形狀和顏色都完全相同的有二十一隻。」

「好，繼續看。」

四方形翅膀，三隻腳　九隻

歪斜翅膀，兩隻腳　九隻

翅膀的金黃色較淡，兩隻腳　八隻

博雅發出聲音，逐次唸出紙片上的記載。最後一行是：

六十五隻

「這行只寫著六十五隻，這六十五隻是什麼樣的蟲？」

「這六十五隻不是同樣的嗡嗡，而是每隻嗡嗡都跟其他嗡嗡不同。」

「咦？」

「這六十五隻，每隻都跟其他的不一樣，全部單獨形成一種。因爲太麻煩了，我就沒寫下什麼地方不同，只寫下數量。」

換句話說，有六十五種、六十五隻蟲。露子如此說明。

也就是說，一百一十六種中，僅有一隻的金黃小蟲有六十五種。露子所寫的內容大致如下：

二十一隻同樣的　一種

九隻同樣的　二種

八隻同樣的　一種

七隻同樣的　三種

六隻同樣的　三種

五隻同樣的　三種

四隻同樣的　四種

三隻同樣的　十二種

二隻同樣的　二十二種
僅有一隻的　六十五種
合計　二百六十二隻、一百一十六種

「原來如此，是這個意思啊。」晴明點點頭，再問露子：「露子小姐，這些都是妳觀察的？」

「是的，反正平常做慣了。不過，我叫黑丸到屏風後幫了一點忙……」

「太厲害了，這是值得讚賞的工作。」

「晴明大人，您認爲有趣嗎？」

「有趣。非常有趣。」

「那麼，晴明大人，您願意幫我揭開這個謎嗎？」

「這是謎嗎？」

「晴明大人，您跟那寺廟很熟吧？」

「是，寬朝大人和明德大人跟我都很熟。」

「可以事先不通知就去拜訪嗎？」

「可以是可以……」

「那我們今晚再到遍照寺去吧。」

「可是，妳不回去的話，家裡人會擔憂吧？」

「哎呀，這種小事，晴明大人應該有很多招數。」

「有是有……」

「那就一起去吧。現在出發的話，完全來得及呢。」露子以充滿好奇的眼眸望著晴明，再望向博雅說：「博雅大人，請您也一起來……」

「博雅，你打算如何？」晴明露出微笑，望著博雅。

「唔，唔……」

「我倒是很想看看那些金黃小蟲在燈火下飛舞的樣子……」

「我也想看。」

「既然如此，就得想個辦法了。」

「辦法？」

「讓露子小姐也能一起去的辦法。」

七

「能不能給我一根頭髮？」

晴明在一張人形紙上，用毛筆寫下「露子」二字後，轉頭問露子。

「這根給你。」

露子拔下一根頭髮遞給晴明。晴明接過後，仔細纏在人形紙上，再用絲線綁住，以免鬆開。

「請妳在這上面吹三口氣。」

露子依晴明所說吹了三口氣，那人形立即離開晴明手中，浮在半空，眨眼間便變成另一個露子，站在窄廊⑨。

「哇！」露子驚叫。

晴明轉頭望向庭院，吩咐螻蛄男和黑丸：

「你們帶這露子人形回去吧。」

又叮囑：

「只要瞞住大家到明天早上即可。注意，千萬別讓這小姐接近水火。另外，這人形小姐雖可以應答簡單問題，但無法自己判斷事情做任何決定，所以在這段期間，你們務必在她身邊隨機應變。」

螻蛄男張大著嘴，一句話都回不上來。

「螻蛄男，聽到了沒？」本尊露子開口。

「聽、聽到了！沒問題，晴明大人。」螻蛄男這才用力地大大點了頭。

「好，準備完畢，我們可以出發到遍照寺了。」

---

⑨平安時代的建築物，最外面的長廊沒有牆壁，由板條製成，可以讓雨水漏到板條下的地面。

「喔，走。」博雅點頭。

「出發吧。」露子姬也興高采烈地說。

事情就這樣決定了。

八

晴明與博雅陪著少年打扮的露子來到寺廟。明德欣喜萬分地迎進三人。

「太榮幸了，博雅大人，晴明大人……」

時已入夜。明德將三人帶到自己房間後，才總算知道少年的眞正身分。

晴明先問明德：「你知道這位是誰嗎？」

「這位是……」

明德仔細端詳少年的臉孔，卻認不出對方到底是誰，只感似曾相識。這也難怪，明德至今爲止從未這麼近正面看過露子的臉。

「是我。」少年出音。

「啊！」明德叫出聲，「這聲音是……」

「他叫露丸，是我友人的公子。」晴明搶先回答。

聽晴明如此說，明德總算恍然大悟，點頭說：

「原、原來如此，是這麼回事啊。」
「今天我們來此，是想看那些黃金蟲⑩。」
「唷，原來是那黃金蟲。」
「是的。露丸請我幫他解謎。」
「這麼說來，晴明大人已經知道那到底是什麼東西了？」
「大致推斷出來了。」晴明道。
「喂，晴明，你剛剛怎麼沒說？既然你已知道答案，幹嘛不直接告訴我們？」博雅問。
「不，博雅大人，我沒說已知道答案，而是說大致推斷出來了。」
在第三者面前，晴明對博雅說話的口吻與態度，都比平常謙恭有禮。
晴明再將視線移向明德，若無其事地要求：
「明德大人，能不能借一張紙？」

九

明德開始唸經了。
晴明、博雅、露子三人坐在明德後方，靜待小蟲出現。

⑩ 即金龜子。

和平常一樣，只有一盞燈火。燈油燃燒的味道，融在昏暗房間中。房內只聽得到低微徐緩的唸經聲。

到底過了多久？

「來了……」晴明喃喃細語。

房間中央靠近天花板的黑暗裡，出現了輕飄飄、金黃色的亮光。那亮光在半空飛舞，逐漸朝燈火挨近。

那東西並非反射燈光而發亮。是自己發出金黃色亮光，朝燈火飛來。

第一隻飛過來，開始同火焰嬉戲起舞。

接著，半空又突然出現第二隻。

一隻。

兩隻。

三隻。

小蟲不知自何處闖進房間，總之，一定先出現於半空，再朝燈火飛來。不久，眾多發出金黃色亮光的小蟲，聚集在火焰旁亂舞。

「好漂亮……」露子以嘆息般的聲音說道。

「眞美……」博雅也喃喃發出驚嘆。

「原來如此，果然很精彩。」晴明低聲道。

三人無言觀賞燈火旁翩翩起舞的昆蟲。不久，晴明緩慢起身。

「差不多可以動手了吧？」

晴明往前膝行幾步，挨近燈火，伸出右手抓住一隻在半空飛舞的黃金蟲。被抓住的小蟲在晴明手中如螢火蟲般發出亮光。晴明用右手食指與中指捏住蟲子，舉到燈火前。

「這隻是四腳蟲。依據露丸大人的調查，應該是數量最多的一種。」

晴明邊說邊從懷中取出先前明德給他的白紙。他左手捧著白紙，再用捏著黃金蟲的右手砰地拍打白紙。

拍完，晴明右手指尖已不見蟲的影子。

而右手食指與中指——併攏的兩根手指——則貼在紙上。

晴明開始低聲唸起咒文。過一會兒，他收回手指，望向紙面。

「呵呵，蟲子現出原形了。」晴明道。

「知道是什麼了嗎？」博雅和露子同時來到晴明身邊。

「喔！」博雅發出叫聲。

此時，明德也停止唸經，來到晴明身邊。

「請看。」

明德望向晴明手中的紙張。紙張上寫著一字：

無

方才明明是一張白紙，什麼字都沒有。

「這是？」明德驚叫。

「這就是四隻腳黃金蟲的原形。」

「原形是這個『無』字？」明德問。

「是。」晴明點頭。

就在大家注視之下，紙上那個「無」字突然又浮了起來。接著變成一隻黃金蟲，在燈火旁飛舞。

「晴明大人，這到底是怎麼回事？」明德問道。

「說明之前，我有事想先問你。」

「什麼事？」

「經堂在哪裡？」

「在正殿東側。」

「能不能請你帶我們過去？」

「當然可以。」

明德拿起房內的燈臺，向外走出。晴明、博雅、露子三人跟在明德身後。那些蟲也聚集在燈火旁，邊飛舞邊跟了出來。

走進經堂，晴明開始在燈光下一卷卷檢視經文。

「喔，找到了。」

晴明取出其中一卷經文，解開綁住的繩子，打開經卷。

「果然如此。」晴明自言自語。

「晴明，什麼果然如此？」博雅迫不及待地問。

「大家看吧。」

晴明在燈火下展開經卷，讓在場的人都能看到內容。

「這是？」明德詫異地說，「晴明大人，這應該是《般若經》，可是上面卻沒有文字。」

「那當然啦，都逃出去了嘛。」

「文字嗎？」

「是的。在這燈火下飛舞的昆蟲，全部都是從經卷逃出去的文字。」

「……」

「《般若經》正文總計有二百六十二個字。其中，數量最多的字正是『無』，總計二十一個。」晴明說。

「怎麼會！」博雅大叫。

「這卷《般若經》，通常是哪位在唸的？」

「是寬朝大人。大人總是在睡前習慣唸一段《般若經》，他出發到丹波前，親自將這卷《般若經》放回經堂。」

「經文是寬朝大人親筆寫的吧？」

「是。這是寬朝大人抄寫的經文。」

「這些昆蟲出現那天，正是寬朝大人出門那天？」

「是，啊，正是如此，晴明大人。」

「這些寬朝大人每晚唸誦的《般若經》文字，因爲沒人來唸而感到寂寞，所以每逢明德大人唸經的聲音響起，便自己飛到房間想央求明德大人也唸它們吧。」

「原來是這麼回事。」明德用力點點頭。

若是寬朝親筆抄寫且每夜唸誦的經文，的確有可能發生這種異事。

晴明低聲唸起《般若經》。

結果，本來聚集在燈火旁的昆蟲，依次飛來，隨著晴明的唸經聲，飛進白紙經卷中。每飛進一隻，昆蟲就變成一個文字。待晴明唸畢，《般若經》卷子也恢復原樣了。

晴明將經文捲起來，遞給明德。

「寬朝大人回來之前，請你每夜都唸誦這卷《般若經》吧。如此，便不會發生同樣的怪事了……只是，想到往後無法看到黃金蟲，總覺得有點寂寞啊……」

晴明說畢，嘴角泛出微笑。

鬼小槌

一

雪，森森降下。

自天空降下的雪，令庭院白花花一片。那是溫柔的白。

雪花積在所有物體上，以其清淨的天穹之白，掩覆塵世的一切。

天地間的所有聲響，都像讓雪花給奪走了。

無風。

雪花接連不斷自天而降。

凝視那紛紛降落的雪花，會令人錯以爲正在飄動的不是雪，而是大地。

大地在靜止於宇宙間的幾萬、幾億雪花中，緩緩上升——而大地上升的速度，在賞雪人眼中看來，或許正是雪花下降的速度。

眺望著雪花，自然而然會萌生這種感覺。

「眞不可思議啊，晴明。」源博雅嘆息般說道。

此處是安倍晴明宅邸。

博雅與晴明端坐窄廊，飲酒賞雪。

兩人身邊各自有個火盆，正以此取暖、聊天。兩人腳上都穿著絲綢襪。

所謂「襪」，是將兩塊腳型的布縫合起來，形成沒有趾溝①的布襪。上

①日本和服襪子是大拇趾與其他四趾之間有趾溝。

鬼小槌

方有兩條細繩，綁在腳踝以防脫落。

「什麼不可思議？」晴明的鳳眼瞄向博雅。

「雪啊。」

「雪？」

「你看這庭院。」博雅一副感慨萬千的表情，望向庭院。

不管是庭院的松樹、楓樹、櫻樹樹枝，還是細長的樹頭，都積滿豐盈的雪。枯萎的敗醬草上、庭石上，也積滿了雪。

「不只這庭院，整個京城中，現在都積滿了這麼多雪……」

「唔。」

「不是很不可思議嗎？」博雅像是陶醉在自己的話語中，將酒杯送到脣邊。「晴明啊……」

「什麼事？」

「無論雪看起來再如何柔軟，都是因爲太沉重才會降落吧？」

「唔。」

「我正在思考，這些沉重又大量的雪，到底藏在天上的哪裡？」

「唔。」

晴明只是平靜地點點頭，紅脣含了一口酒。

「你也應該知道，昨天……不，直至今天早上，天空不是還很晴朗嗎？」

「……」

「天空到底是在什麼時候，準備了這麼多雪呢？」博雅將酒杯擱在窄廊，伸手到火爐前取暖。「爲什麼到現在爲止，天上任何地方都沒降過一次雪？」

「博雅啊……」晴明這回露出微笑，「你眞是個有趣的漢子。」

「有趣？」

「嗯，有趣。」

「什麼意思？」

「你聽好，博雅。雪，的確是上天製造後再降下來的，可是，上天並非製造了大量的雪之後，才讓雪降下來。」

「那又怎麼降下來的？」

「雪是邊製造邊降下來的……」

「眞的？」

「你現在看到的雪，其實是一種咒。」

「咒？」

「咒。」

鬼小槌

「喂，晴明，你是不是又想唬我了？」
「我沒唬你。」
「眞的？」
「聽我說嘛，博雅。」
「唔，嗯。」
「何謂雪？」
「什、什……」
「所謂雪，是水。」晴明搶先回答。
「唔，嗯。」博雅點頭。
「春天一到，雪會溶化成水，沉入地底，有些水成爲河流，流入池子或大海……」
「嗯。」博雅再度點頭。
「這些水則溶於大氣。」
「大氣？」
「用器具盛水，擱置兩三天，不是會自然消失嗎？」
「嗯。」
「你說，那水到底跑到哪裡了？」

「哪裡？」
「溶於大氣了。」
「……」
「水氣在天上凝結，再變成雲，變成雨，最後降到地面。而這水氣，有時候就會變成雪。」
「嗯。」
「雖然時時改變形狀或狀態，但本質是水。」
「……」
「那些水，有時因咒而變成雲，變成雨，變成雪。」
「可是，按照你的道理來說，你說是本質的水，不也是一種咒？」
「正是如此，博雅。我說的本質的水，也是一種咒，其實也可以說水的本質是雲或雪。無論水呈什麼形狀，那形狀就是本質，也就是咒。」
「晴明啊，你是說，天上並非儲藏著無窮盡的雪嗎？」
「沒錯。」
「雪的本源，不但天上有，大地也有，隨處都有的意思？」
「嗯。」
「換句話說，無論雪、雨、水、雲，都沒有源頭，它們彼此都是本源，

彼此生出彼此，在這天地間循環，對吧？」

「你說得很對，博雅。」

「也就是說，我現在正看著循環於天地間的咒。既然如此，所謂賞雪，就是觀賞咒的循環嘍？」

「博雅，你太厲害了。所謂賞雪，正是你說的那樣。」晴明的聲音隱含讚嘆。

「咒，是會循環的。」晴明邊說邊望向庭院，「任何咒都無時不在變化。釋尊也說過，一切萬物，無常存者，也就是諸行無常。」

「晴明，眞稀罕，沒想到在這兒能聽你說佛法。」

「佛法與咒的道理，追根究柢是一樣的。」晴明說得若無其事。

「可是，晴明啊……」

「怎麼了？」

「同你討論過雪的話題後，我好像理解了一點什麼道理，只是……」

「只是什麼？」

「最初我望著雪花時，那種感到不可思議又彷彿是驚訝的感覺，也就是最初的那種心情，我覺得好像不知跑到哪裡去了。」

「是嗎？」

「雪也是一種循環的咒，這道理的確令我很驚訝。可是，我最初望著雪花所萌生的那種不可思議的感覺，其實也是我眞正的感覺。」

「你眞是個不可思議的漢子，博雅。」晴明深有感觸地說。

「我哪裡不可思議？」

「聽好，博雅。賞雪的行爲，等同於觀賞咒的循環，這道理可不是我說的。是你說的。」

「原來是我說的……」

「這種道理，一般和尚或陰陽師也不見得能理解。你卻輕而易舉地說出關於天地的道理。」

「是嗎？」

「是的。而且你不覺得自己說出大道理，還在那邊感嘆雪有多不可思議。這樣的你，我覺得比雪更不可思議。」

「是嗎？」

「我就是欣賞你這種地方。」晴明紅唇浮出微笑。

「晴明，別嘲弄我。」

「我沒嘲弄你。」

「眞的？」

鬼小槌

「我只是想說，你是個好漢子。」

「果然在嘲弄我。」

「沒那回事。」

「有那回事。你每次說我是『好漢子』時，大抵都在嘲弄我。」

「博雅，你嘴巴噘起來了。」

「哪有？」博雅伸手按住嘴唇。

「你眞是個好漢子，博雅。」晴明微笑著。

博雅放下手，這回眞的噘起嘴說：「別再嘲弄我了。」

此時，晴明右手指尖已端起酒杯，邊喝酒邊望向庭院。

「雪下得眞大。」晴明自語。

博雅跟隨他的視線，也望向庭院的雪，接著低聲說：「對了，晴明……」

「幹嘛？」

「碰到這種雪天，我老是想起白比丘尼大人的事。她還好嗎？」

「博雅啊，那位大人是吃了人魚肉、不老不死的人，罕得生病的。」

「不，我不是這個意思，晴明。我不是說她的肉體，我是說她的心靈。」

「我知道。」晴明望著不停降落在庭院的雪花。「雖然我也不知道她的近況，不過，這雪花應該會落在每個人的身上吧。」

「……」

「這雪應該也會下在白比丘尼大人身上吧。不只是白比丘尼大人，只要想到這雪也下在分別後即不知去向的某些人身上，你不覺得這雪就突然變得很可愛嗎？」

晴明收回視線，眼前正是博雅的臉。

「或許，這雪也下在行蹤不明的平實盛大人身上。」博雅說。

「喔，你是說左衛門府②的平實盛大人？」

「晴明，你見過他？」

「不，曾經看過他幾次，但從未交談過。他應該是大尉③吧？」

「嗯。一年前奉命上任大尉。」

「聽說一個多月前，夜裡出門後就失蹤了？」

「我受過衛門府藤原中將④大人的照顧，所以很想幫他忙……」

「聽說中將大人很看重平實盛大人。」

「正是呀，晴明。」

晴明似乎突然想起什麼，悄聲說：

「有關那位中將大人之事，博雅，你是否曾有耳聞？」

「什麼事？」

② 掌宮殿門禁與守衛等事。

③ 衛門府三等官，官位從六品上。

④ 近衛府二等官，官位從四品下。

鬼小槌

「他好像患病了。」

「中將大人生病了？」

「就是當前京城流行的那個病。」

「猿叫病？」

「嗯。」晴明點頭。

所謂「猿叫病」，是兩個月前開始在京城流行的病，首先會發燒，接著全身疼痛。不但腰部和脊椎的關節會疼痛，還會因高燒而呻吟不已。嚴重的話，甚至無法起身，整天臥病在床，然後半夜會突然在床上「咿呀」地叫出聲。

由於那叫聲跟猴子叫聲類似，眾人便稱之爲「猿叫病」。

病人喊著「熱啊，熱啊」，又會頻頻要水喝。有人幸運痊癒，但也有幾人因此喪生。藤原中將正是患上這種病。

「可是，晴明，你怎麼知道此事？」

「問得好，博雅。」

「嗯？」

「其實，來過了。」

「來過了？」

「你來這兒之前，藤原中將宅邸派人來過了。那時還沒下雪。」

「原來如此。」

「聽說，四天前就患病了，目前似乎很衰弱。服藥也無效，所以才來請我設法。」

「你打算怎麼辦？」

「我答應過去一趟，可是這雪……」

「唔。」

「對方說傍晚會派牛車來接人，如果會來，應該再過一刻就到了。」

「原來有這回事。」

「可是，博雅啊……」

「怎麼了？晴明。」

「我非常感謝你認識中將大人。」

「什麼意思？」

「我向來很怕那種拘泥形式的大人宅邸。如果你願意陪我去，可以壯我的膽。」

「是嗎？」

「怎樣？要不要一起去？」

「唔……」

「走吧。」

「唔……」

博雅剛想開口，晴明又再度催促。

「走。」

「走。」

事情就這樣決定了。

二

傍晚，果真如晴明所說，藤原中將宅邸派牛車來接人。牛車停在大門外。

晴明和博雅都穿上皮靴，一步一步使勁踩在雪上，來到大門外。

雪，依然下著。

兩人身上的衣服也積了雪花。

傍晚蒼白陰闇中，放眼望去都是雪景。

四個隨從手中舉著火把，站在雪中靜待晴明與博雅。

兩人往牛車內窺了一眼，發現車內擱著取暖用的火爐。

「喔。」

「太好了。」

兩人同時說道。此時，兩人身後響起呼喚聲：「喂，晴明……」

晴明和博雅回頭一看，發現不遠處有個老人站在雪地中。

一頭蓬亂的白長髮。在這種雪天傍晚，老人身上竟只穿著一件破爛便服。炯炯有神的黃濁眸子。滿臉皺紋。

正是蘆屋道滿。

「原來是蘆屋道滿大人。」

「久違了。」道滿低聲道。

雪花亦飄落堆積在道滿的亂髮上。

「您找我有事嗎？」晴明問。

「你是不是打算到藤原中將那兒？」

「是。」

「既然如此，那東西本是吾人的分。」

「您的分？」

「不管出現了什麼，你都要跟吾人各分一半。好好記住這點。」

鬼小槌

「我會記住，只是，這是怎麼一回事？」

「去看就知道。」道滿說畢，轉身跨出腳步。「吾人就暫且做壁上觀。要是你成功完事了，再來向你要吾人那一半。」

道滿抽拔著腳步，走在雪地中。他竟然光著腳。

待道滿消失蹤影，晴明與博雅才坐進牛車。

三

藤原中將在床上大叫。

「熱呀……」

「熱呀……」

意識已失去大半。全身發汗，掀開被子便會升起一股水氣。伸手觸摸他的肌膚，可知他全身熱得不成人樣。

「痛呀……」

「痛呀……」

背部、腰部，全身骨頭都痛得很，入睡後也屢次更換睡姿，時時扭動身體。然後，會突然雙眼一瞪，發出尖銳的「咿呀！」叫聲。

家人都聚集在枕邊，卻束手無措。

由於病人發汗，身上的衣服一下子就濕透了，家人只能邊幫病人換衣服，邊安撫幾句「振作點呀……」、「要不要緊啊?」而已。

給病人服過種種藥方，卻都無效。有時候見病人頻頻喊熱，冷不防病人又說：「冷呀……」、「冷呀……」，全身喀噠喀噠發起抖來。接著再度睜開原本緊閉的雙眼，大叫：「咿呀！」

晴明與博雅抵達時，正是病人處於這種狀況的時刻。

晴明坐在屏風後的中將病榻枕邊，徐徐調整呼吸。

燈火有四盞，中將額頭上的汗珠和亂髮，清晰可見。

晴明觀察中將，發出一聲：「哦。」

似乎明白了某事，點點頭自言自語：

「原來如此，原來是這麼回事……這病，不需藥方，也不用什麼特殊修法。」

「喂，真的嗎?晴明……」一旁的博雅問。

「博雅大人，您看吧。」晴明說。

有旁人在場時，晴明對博雅的應答態度會變得謙恭有禮。

博雅聽晴明如此說，再度望向中將。博雅凝視了中將一陣子，似乎總算

察覺某事，輕微發出叫聲：

「喔……中將大人他……」

聽到博雅的叫聲，眾人望向中將，這才發現中將的樣子與方才迥然不同。

方才時時左右扭動身體，現在卻靜止不動。方才時時發出：

「冷呀……」

「熱呀……」

「痛呀……」

現在卻緊閉雙脣，只輕微發出鼾聲而已。

頭髮依然散亂，面色依然憔悴不堪，但除去這些，中將的睡姿與平常毫無兩樣。也不再發出「咿呀」叫聲。

藤原中將閉著雙眼，安穩沉睡著。

額頭上仍有汗珠，但汗珠不再增加，看似逐漸退燒。

這是晴明坐在枕邊時便出現的症狀。

「晴明，你到底做了什麼？」

「我什麼都還沒做。」晴明說畢，將視線移到隔著中將病榻的對面。

晴明正好坐在仰躺的中將右肩附近，視線則望向中將左肩附近的枕邊。

對著那枕邊，彷彿那兒坐著個人，晴明向空無一物的空間點頭說道：

「是，我看得見你。」

「喂，晴明，怎麼回事？」博雅問。

但晴明不理博雅，只說：

「原來如此，原因是額頭上那個……」

晴明支著單膝起身，從懷中取出一張紙片，低聲唸誦咒文，再用右手指尖輕輕觸摸左手拿的紙片。

紙片移到晴明右手，他探身至對面，將右手中的紙片朝空中一抹。

剎那間——

中將枕邊緩緩出現人影。

那人影，立即化爲眞正的人。

那人，身上穿著公卿便服，右手拿著小槌，正凝視晴明。

「喔！」眾人發出驚叫。

「這不是平實盛大人嗎？」

「的確是平實盛大人！」

「眞的是平實盛大人！」

坐在中將枕邊的人影，確實是失蹤了將近一個月的平實盛。

「喔！」

其次發出叫聲的，是實盛本人。

「這麼說來，大家都看得見我嗎？看得見我嗎？」

實盛開始放聲大哭。

四

「看得見。」

經晴明如此催促，不久，平實盛才開口。

「那晚，我打算到女人那兒，沒想到途中遇見妖鬼了。」

說完這句，實盛才開始徐徐道出事情的來龍去脈。

五

一個月前的某夜，平實盛出門到西京某位女性住處訪妻⑤。

那天，他單獨出門。沒搭牛車，身邊也沒有隨從。是徒步前往。

雖說官職是大尉，但官位是從六品，並非高官。

⑤平安時代的男女交際習俗是「訪妻婚」，男方於夜晚探訪女方，住宿一夜後，翌日清晨離去。由於沒有法律約束，男方可以隨時中止「訪妻」行為。一旦男方不再來訪，女方可以再度尋覓適當人選。

出門搭牛車不如獨自徒步來得方便，而平實盛也喜歡如此。

在四條穿過朱雀大路後，走了一陣子，前方有幾圈亮光逐漸挨近。是火把亮光。

這晚是月夜，實盛身上沒帶任何照明。

萬一碰到認識的人，有點麻煩；若對方是盜賊，就算實盛是衛門府官員，也無法單槍匹馬與其搏鬥。

實盛打算躲起來避開，湊巧附近有株高大松樹，他便藏身松樹後。

然而，看到一行來人時，實盛大吃一驚。

那不是人。是妖鬼。

獨眼妖鬼。

無數手臂的妖鬼。

沒有腳，用身上的六隻手走路的妖鬼。

用單腳跳躍，邊跳邊舞的妖鬼。

約有十個類似的妖鬼組成一團，往實盛這方走過來。

實盛嚇得魂飛魄散，暗自祈禱眾鬼快快通過。不料，眾妖鬼竟在松樹前停下來。

「喂，好像有什麼味道。」

「嗯，的確有什麼味道。」
「我也聞到了。」
「我也聞到了。」
眾妖鬼站在馬路中央，開始抽動鼻子。
「這不是人的味道嗎？」
「是人的味道。」
「這附近有人。」
「人在哪裡？」
「人在哪裡？」
眾妖鬼往四方散去，分頭搜尋。
實盛在松樹後嚇得縮成一團，全身不停發抖。
「嘩！」
冷不防，張著血盆大口的獨眼妖鬼探頭到松樹後。
「找到了！」
妖鬼抓住實盛後頸，把他拉到馬路中央。
「喂，這人肯定是看到我們的身影，才躲在松樹後。應該不是普通人吧？」獨眼妖鬼說。

「這表示他看得到我們。」
「太奇怪了。」
妖鬼議論紛紛。用六隻手在地上爬的妖鬼問實盛：
「喂，你平日信什麼佛？」
「是，是。雖然不是虔誠信徒，但平日一有機會，我總是向六角堂的如意輪觀音合掌……」實盛好不容易才如此回答。
「喔，原來你平日都去拜六角堂？難怪看得見我們。」
「有道理。」
眾妖鬼恍然大悟地點點頭。
「話說回來，這小子怎麼處理？」
「吃掉吧。」
「對，吃掉吧。」
眾妖鬼決定吃掉實盛時，單腳妖鬼說道：
「慢著，我們正在趕路。」
「唔，我們必須到二條的藤原清次宅邸。」
「本來就已經夠忙了，正好缺人手呢，哪有時間吃人？」
「說得也是。」

「不如讓這男人當我們的幫手？」
「喔，好主意。」
「就這麼辦！」
眾妖鬼剛說畢，獨眼妖鬼便「喀」的一聲，朝實盛吐了一口唾液。那口唾液正中實盛的額頭。
「來，你拿著這個。」妖鬼之一遞給實盛某樣東西。
仔細一看，原來是把古舊小槌子。
「你拿著這個，跟我們走吧。」
眾妖鬼再度成群結隊地往前走。實盛只得跟在眾妖鬼身後。
待實盛回過神來，才發現眾妖鬼不知何時兩個一組地散開了，而自己則和獨眼妖鬼站在藤原清次宅邸前。
「進去吧。」
獨眼妖鬼旁若無人地走進清次宅邸。
夜深人靜，宅內人都睡著了。可是，實盛他們逐漸放大腳步聲往宅內走去，卻沒人醒來。
不久，他們來到在寢具中熟睡的清次枕邊，妖鬼停下腳步。實盛也站在妖鬼一旁。

「剛剛給你一把小槌子吧？」妖鬼用獨眼瞪了實盛一眼。

「是，是，的確有。」實盛點頭。

「你拿那小槌子捶打清次。」妖鬼說。

「什麼？」實盛聽不懂妖鬼的意思。

「總之，你就下手打。」

實盛只好拿著小槌子，戰戰兢兢地，在被子上捶打清次的身體。

清次呻吟了一下。實盛以爲他會醒過來，提心吊膽，但他沒醒過來。

「別住手，繼續打。」

聽妖鬼如此吩咐，實盛不顧一切地捶打清次。過一會兒，清次開始發出呻吟。

「熱呀……」

「熱呀……」

「痛呀……」

「痛呀……」

接著，突然大聲發出「咿呀！」一聲，瞪大眼睛。

實盛嚇了一跳，以爲這回清次眞醒過來了，但清次依舊熟睡著。實盛停手。

「繼續打呀！」

實盛再度捶打清次。清次又發出呻吟。

「熱呀……」

「痛呀……」

「冷呀……」

接著又是「咿呀」一聲。

捶打了約一時辰，獨眼妖鬼才說：

「差不多可以了。」

實盛停止捶打。妖鬼又說：「走，輪到下一個。」

他倆離開清次宅邸，走進另一宅邸，實盛在此也被迫做類似的事。

這時，實盛終於發現，這不就是所謂的「猿叫病」嗎？原來用自己手中的小槌子捶打，人便會患上「猿叫病」。

這晚，他倆走訪了三家宅邸，讓宅內人患上「猿叫病」。

清晨，東方逐漸發白時，妖鬼說：

「可以了，晚上我再去接你，白天你可以恢復自由。」

妖鬼在四條與朱雀大路的十字路口丟下實盛，消失了。

小槌子留在實盛懷中。

實盛覺得這晚的經驗眞是不得了，趕緊回到自宅。家人都已起床，正擔心實盛怎麼還沒回來。

「喂，是我，我回來了！」實盛向家人說。

然而，沒人察覺實盛的存在。實盛到家人眼前大聲喊道：「怎麼了？是我呀！你看不見我嗎？」叫得再大聲，也無人回應。

看樣子，家人不但看不見自己，也聽不見自己的聲音。

伸手觸摸對方，手也會穿過對方身體。

就在實盛不知如何是好時，時刻已是傍晚，接著夜晚來臨，眾妖鬼再度來到實盛宅子。

「走吧，今晚你仍得繼續好好幹活！」

整個晚上，實盛又和妖鬼做了同樣的事，直至早朝才獲自由。這樣持續了一陣子。

雖然連續幾天都未進食，但肚子不餓，也毫無睡意。只是，無法與人說話。

唯一的樂趣，便是用小槌子捶打熟睡的人，讓對方患上「猿叫病」。

起初，實盛也怯怯喬喬地拿小槌敲人，不知何時竟逐漸做得興致盎然。

有時候，也會碰到平日逞威風討人嫌的人，捶打對方時，看到對方突然

瞪眼大叫「咿呀！」的醜態，實在很滑稽可笑。

不過，沒有談話對象畢竟很寂寞。

五天前，實盛心不在焉地站在四條與朱雀大路十字路口時，迎面來了一位奇妙風采的老人。

蓬頭散髮。身穿破舊公卿便服。光著腳走路。

那老人逐漸挨近。雙眸凝視著實盛。實盛情不自禁回頭往後探看。

他以為那老人望的是自己身後的那個人。不過，實盛身後並沒有人。

不久，老人來到實盛眼前，望著實盛手中的小槌子說：

「你這玩意很有意思。」

「你，你，看得見我？」

「當然看得見。」老人滿不在乎地說。接著看著實盛額頭，又說：

「喔，原來給痘瘡神吐了口水。」

實盛伸手擦拭額上的唾液，他已試過幾次，卻總是無法除去那痰。

「那不是用手就可以擦掉的。」老人望著實盛，露出一口黃牙，笑道：

「喂，要不要吾人幫你？」

「你能幫我嗎？」

「能。吾人讓大家可以看見你，也讓你跟以前一樣，可以吃飯。」

「那眞是太好了。」
「不過，你也要幫吾人一個忙。」
「沒問題……」實盛突然想起一件事，說道：「可是，一到夜晚，無論我身在何處，那些妖鬼都會來找我。我該怎麼辦？」
「沒關係，就在這兒等。」老人樂不可支地鼓動喉頭，咯咯笑了出來。
夜晚終於來臨。站在十字路口的實盛與老人耳邊，傳來不知來自何處的呼喚聲。
「喂……」
「喂……」
那聲音逐漸挨近，接著從四面八方的陰暗處出現了眾妖鬼，陸續往十字路口聚集過來。
「走吧，今晚你仍得繼續好好幹活。」獨眼妖鬼說。
「喂，這兒有個怪老頭。」單腳妖鬼道。
「這老頭是誰？」
「他好像看得見我們。」
眾妖鬼議論紛紛。老人開口道：
「喂，吾人要帶走這男人。」

「什麼？」眾妖鬼緊張起來。

「你們沒有異議吧？這男人本就不跟你們一夥的吧？」老人泰然回問。

「你說什麼？」

「既然你能夠看見我們，表示你多少也有點法力；可要是個半吊子在這兒吹法螺的話，小心有你好看！」

「雖然這老頭看起來很難吃，還是吃掉算了。」

「是呀，吸吮他的眼睛，再撈出他的五臟六腑，當場吃掉！」

「有趣！」老人赤著腳敏捷跨前一步，若無其事地說：「試試看吧。」

此時，六隻手趴地的妖鬼插嘴：

「喂，這老頭是那破廟的老頭。」

「什麼？」

「沒錯，正是那老頭。」

「這小子，往昔曾到閻王殿喬裝馬面，誆騙過我們！」

「跟他對上了，可是很棘手的。」

「不玩了！」

「不玩了！」

眾妖鬼安靜下來，仔細端詳實盛和老人。

「這一個月來，你很努力幹活，就放你一馬吧？」
「本來打算讓你成爲我們一夥的，無奈這老頭在一旁囉哩囉唆，只好作罷。」
「你走吧。」
眾妖鬼說畢，背轉過身。
「我到一條。」
「那我到堀川那一帶。」
「千萬別靠近土御門那附近！」
眾鬼各自喃喃自語，消失在暗夜中。只剩實盛和老人站在原地。
「看，完滿解決了吧？」老人說。
「是。」
實盛雖無法理解那些妖鬼爲何對眼前這衣衫襤褸的老人一籌莫展，但自己似乎已經恢復自由。
「接下來，輪到你幫吾人幹活了。日後吾人再讓你回復原來的樣子。」
「我該做什麼？」
「沒什麼，跟你至今爲止做的一樣就好。」
「一樣？」

「嗯。你隨便找家宅邸，用這把小槌子讓那家主人患上猿叫病，患個三四天就行了。」

「哪家宅邸比較好？」

「隨便哪家都可以。儘量挑有錢的。」老人得意笑道，「反正在吾人出現之前，你就用這把小槌子讓那主人哀嚎幾天。」

「明白了。」實盛點頭，「不過，在這之前，我想先去探望一下某位女子……」

實盛想起一個月前打算去訪妻的那女人。

直至今日，他始終提不起勁去看那女人，現在一想到能回復原來的樣子，便突然很想去探望那女人。

「那當然無所謂。」

「對了，我還未請教尊姓大名，您到底是哪位大人？」

「吾人？如你所見，吾人只是個髒老頭……」

「您尊姓大名？」

「播磨的蘆屋道滿。」老人說。

六

「原來如此，原來是這麼回事……」晴明向講完話的實盛說。
場所已非藤原中將的寢室。
這是另一個房間，晴明與博雅同其他幾人一起聆聽實盛講述。
「大致情形都明白了，可是，我還有一件事不懂。」晴明道。
「什麼事？」
「你為何選上藤原中將大人？中將大人平素不是很看重你嗎？」
「是的。」實盛眼裡撲簌掉下淚珠。「承蒙中將大人平素很看重我，我卻做出這種事，的確令我痛苦不已。可是，這也是有理由的。」
「什麼理由？」
「五天前那晚，道滿大人讓我恢復自由身後，我馬上到那女人那兒，結果……」說到這兒，實盛的話就哽住了。
「結果怎樣？」
「是。結果那女人已迎進另一個男人。我去的那晚，那男人正在女人寢室內。」
「……」

「那男人，正是中將大人。」實盛說。

七

晴明與博雅在窄廊優哉游哉地喝酒。

雪，還未停下來。積雪已高過膝蓋。

這是個寂靜、無風的夜晚。

寂靜得彷彿可以聽見，自天紛飛而降的雪花觸及積雪的聲音。

從藤原中將宅邸回來後，兩人便在窄廊喝起酒來。

「想想也有道理。」博雅感慨萬千地說，「難怪實盛大人會用小槌子捶打中將大人。」

「嗯，就是這麼回事。」

「可是，道滿大人爲什麼拜託實盛大人那樣做？」

「爲了金錢。」

「金錢？」

「他大概想賺點錢，吃點熱東西暖暖身子吧。」

晴明剛說畢，庭院便傳來一句方才晴明說過的話。

「嗯，就是這麼回事。」

定睛一看，有個人影站在雪中，也不知從哪兒進來的。

「吾人打算在當家主人的『猿叫病』病態沉重時，再上門治癒對方，拿些金子。」

原來是蘆屋道滿。

「沒想到慢了一步，若無其事地跑去一看，對方竟已派人向晴明求救了。」

道滿搔著頭苦笑。

「這也沒辦法。可是，別忘了事情有一半是吾人安排的。晴明，吾人正是打算等你處理完後，再向你分一半賞金。每年一到冬天，還真讓人冷得受不了。吾人偶爾也想吃點熱騰騰的東西。」

「那真是太對不住您了，道滿大人。」

「什麼意思？」

「老實說，中將大人沒給我任何賞金。」

「什麼？晴明，真的嗎？」

「真的。」

晴明說畢，道滿瞬間現出欲哭無淚的表情。

「不過，實盛大人給了我一些謝禮。」

「什麼謝禮？」

「酒。」

「酒？」

「我跟博雅正在喝謝禮的酒。如果您不嫌棄，不如同我們一起喝酒，您意下如何？」

道滿微微嘆了口氣，低聲道：「沒辦法……那就給你招待吧。」

道滿光著腳走在雪地，來到窄廊前，撣掉身上的雪花，登上窄廊。環視了一下，道滿發現酒杯及炭火燒得很旺的火爐，都有三人份。

「呵呵……」道滿欣喜微笑。

大模大樣地盤腿坐在窄廊，道滿舉起酒杯，伸向晴明。

「斟酒，晴明。」

「是。」

晴明手持熱過的酒瓶，在道滿杯中斟上滿滿一杯溫酒。

酒杯冒出一股熱氣。道滿將鼻子埋在熱氣中，喝了一口酒。

「美味！」道滿眉開眼笑地說。

「博雅喝起酒來速度很快的……」

「吾人不會喝輸他。」道滿笑道。

「喂，晴明，你這樣說，聽起來好像我是個酒鬼。」

「會嗎？」

「會！」博雅噘起嘴說，「我只是喜歡喝酒而已。」

道滿突然伸手，從晴明懷中抽走小槌子。

「博雅大人，如果酒喝光了，你可以用這個再去捶打某人。」

「晴明，你……」博雅愕然望著晴明。

「沒人注意到這把小槌子，我便擅自接收了。」晴明滿不在乎地說。

道滿愉快的笑聲響徹四週。

索和尚

一

黑暗中傳來的花香，似乎是櫻花。

花香若有似無，清淡幽微。

認爲有，花香便存在。認爲沒有，花香便不存在。

但只要徐徐呼吸夜裡的大氣，依然可以感覺彷彿透明般的花香。

「眞是不可思議。」源博雅說。

此處是安倍晴明宅邸。

晴明和博雅坐在窄廊飲酒。

「什麼事不可思議？博雅。」晴明只移動視線，望向博雅。

「在移動。」博雅說。

「什麼在移動？」

「很龐大的物事。」

「龐大的物事？」

「不但龐大，而且……」

「而且？」

「是肉眼看不見的物事。」

「是嗎?」晴明嘴角浮出微笑。

月光射於黑暗中。櫻花花瓣在黑暗中無聲無息飄落。

無風。

無風,花瓣卻自行脫離樹枝。

博雅啜飲著酒,眺望在月光中清晰可見的紛飛櫻瓣。

「雖然我們看不見,可是,我們可以經由看得見的東西,得知它正在移動。」

「到底是什麼?」

「例如,季節。或者說春天比較好?」

「原來如此。」

「晴明,你聽好,比如那櫻花花瓣……」

「花瓣怎麼了?」

「飄落。」

「唔。」

「花瓣飄落後,會長出綠葉,綠葉到秋天會變色,然後凋落。可是,春天來臨時,不是又會開花嗎?」

「唔。」

「不只櫻花。梅花也好，繁縷①、萱草等野草也好，全部都一樣。樹木、野草、花、蟲、鳥，都同樣在季節中逐漸往前推移。」

「唔。」

「我們可以看見逐漸往前推移的各種物事。」

「的確看得見。」

「我們可以看見盛開的櫻花，也可以看見飄落的櫻瓣。可以看見繞著花飛舞的蝴蝶，也可以看見鳥。可是，晴明啊……」

博雅將酒杯擱在窄廊，用力繼續說：

「最重要的一點是，我們所看見的，其實不是季節。」

「唔。」

「我們只是看見盛開的櫻花、飄落的櫻瓣、飛舞的蝴蝶，以及鳥。」

「的確如此。」

「你聽好，晴明，這天地間，有個我們看不見的巨大之物在移動。」

「唔。」

「櫻花會盛開又飄落，正是那巨大之物移動的結果。雖然我不知道該稱呼那物事爲季節或春天，還是稱爲時序，但是，正因爲我們看得見櫻瓣飄落，所以我們才知道有某巨物在移動吧？我們是藉由花、蟲及一些可以看得

---

①學名*Stellaria media*，一至二年生草本。莖被毛。葉卵至圓形，具緣毛，兩面光滑，基部鈍至圓形，有柄。為春天七草之一。俗名鵝腸草或雞腸草。

見的小東西的動作，才得以知曉天地間那巨大之物的變化。」

「……」

「我就是對這點感到很不可思議，晴明……」

「原來如此。」

「剛剛看著櫻花時，我就是在思考這件事。」博雅說畢，再度伸手取酒杯。

「說真的，博雅，我很想讓那些朝暮只會唸經的和尚，聽聽你剛剛說的道理。」

「和尚？」

「你剛剛說的，和咒、佛法的道理完全一致。」

「別講下去了，晴明。」

「爲什麼不准我講？」

「因爲你打算開始講咒的道理了。只要你一講起咒，我就馬上頭昏腦脹……」

「是嗎？」

「被你稱讚固然高興，可是……」

「可是什麼？」

「當你提起咒時，我有時候會覺得你在嘲弄我。」
「會嗎？」
「會。」博雅滿懷信心地點頭。
晴明看了一眼博雅，感慨萬千地說：「果然因人而異。」
「因人而異？」
「沒錯。並非每個和尚或陰陽師都理解物事的道理。能否理解物事的道理，因人而異。博雅，你既非和尚也非陰陽師，卻有能力自然而然地理解這些道理。」
「是嗎？」
「對了，說到和尚……」
「怎麼了？」
「明天我得到叡山②一趟。」
「喔？」
「常行堂附近的杉樹林中有座祥壽院，你知道嗎？」
「一時想不起來。」
「那是往昔最澄和尚爲了能每天專心唸經，特地建造的寺院，現在仍有三四個和尚。」

---

②為「比叡山」的簡稱，位於今日本國京都滋賀縣。自古以來，便是靈山聖地，為近畿百岳之一。

「那又怎麼了？」
「聽說，那兒來了個怪和尚。」
「怪和尚？」
「嗯。」
晴明開始講述事情的來龍去脈。

二

事情是這樣的。
四天前，仁覺與英德在祥壽院唸經。
除了他們，祥壽院還有另兩名和尚，但他們正好出門辦事，寺院內只剩仁覺和英德。兩人唸的是《般若心經》。
這時，突然有個和尚跑進來。在兩人背後呼喚：
「請問……」
「請問……」
「請問……」
兩人停止唸經，回頭一看，發現有個和尚站在眼前。

那和尚衣著襤褸，也許是件僧衣，看上去卻像塊破布。如果幾十年都未曾洗滌且持續穿著同一件僧衣，或許就是那樣子。

年約四十，但講的話卻很奇妙。他問兩人：

「義然在嗎？」

仁覺與英德互望了一眼，回說：「這兒沒這個人。」

「那，明實在哪裡？」和尚又問。

兩人依舊沒聽過這名字。於是仁覺反問：

「我們不認識這兩位僧人，請問您是哪位？」

「我是惠雲啊，你們不認識我？」

兩人回說不認識，那自稱惠雲的和尚逼上前問：

「到底發生了什麼事？」

惠雲吐出的氣息中，隱約可聞到某種果實的香氣。可是兩人聞不出是何果實。也或許是錯覺。

「現在的住持是哪位？」惠雲問道。

仁覺說出住持名號，惠雲卻雙手抱頭說：「我沒聽過這名字。」

總之，兩人先讓惠雲坐下來仔細說明事由，原來事情過程如下。

三

半個月前，惠雲到熊野辦事。辦完事後，歸途路經吉野。

剛好是櫻花盛開時期，惠雲打算觀賞吉野的櫻花後再回京城。

熊野到吉野間，走的是山中小徑。惠雲手持橡木杖當拐杖走。

走出大峰山山坳，即將抵達吉野時，惠雲在山中聞到酒味。

怎會有酒味？

停住腳步後，耳邊又傳來擊打某種堅硬東西的啪噠啪噠聲。

循著聲音與味道的方向前進，眼前出現一株老山櫻，樹枝上野櫻盛開。

櫻樹下，兩個老人隔著樹墩相對而坐，正在對碁。

他們在樹墩上擱著棋盤，各自坐在折凳上，彼此啪噠啪噠下著黑子與白子。另有看似盛著酒的酒瓶。還有兩只酒杯。

棋盤一旁有乾棗子，兩老時時伸手取棗子到口中。兩人口中嚼個不停，看來是因爲正在吃棗子。

偶爾會別過臉，呸一聲吐出棗核。

白髮、白髯的兩個老人，身上都穿著看似大唐式的道服。

惠雲也喜歡下棋。於是挨近兩人，站在一旁觀棋。

黑子、白子數量相同，兩人勢均力敵。

「別說，別說。」

在一旁觀棋，腦子會浮出種種棋路——那邊應該那樣下比較好，這邊應該這樣下比較好。惠雲不自禁想脫口而出。

「別說，別說。」白子老人似乎看穿惠雲內心。

「你有空在這兒看別人下棋嗎？人生可是很短暫的。」黑子老人說。

然而，惠雲還是繼續在一旁觀棋。

如果一方的酒杯空了，惠雲便在那酒杯斟酒；另一方空了，他也幫另一方斟酒。

「唔。」

「唔。」

兩老只是應了一聲，舉杯喝著惠雲斟的酒。櫻瓣在頭上紛紛飄落。

惠雲判斷，白子老人應會以一目之差，贏得這局棋。

若如此繼續下去，白子老人可以贏一目。

下一手，只要在那邊下白子……

可是，白子老人竟啪嗟一聲，在別處擱下手中的白子。

「啊！」惠雲不由自主叫出聲。

「呵呵。」

黑子老人喜形於色，將手中的黑子擱在惠雲本認爲該擱白子的地方。

「哎呀。」白子老人凝視著剛擱下的黑子，呻吟起來。

「唔……」

「唔……」

白子老人額上不斷淌下汗水。

「嘻嘻。」黑子老人一直抿嘴嘻笑。

「喂！」白子老人望向惠雲，「誰要你在一旁亂講話？你看，害我輸了這盤棋！」

這完全是找碴。惠雲的確叫出聲，但他是在老人擱下白子後才出聲。

「話不能這麼講……」惠雲想辯解。

「還爭辯？因爲你叫了一聲，才讓北斗那傢伙察覺我下錯了。如果你不出聲，還可以挽回局勢。」

「喂，南斗，不管這小子出不出聲，我一開始就察覺了。別將自己的失敗推到別人身上，太丟臉了。」黑子老人道。

「哼哼。」白子老人閉嘴哼了兩聲，「總之，這小子就是多嘴。」再瞪著惠雲。「我要塞住他的嘴！」

白子老人抓起一粒棗子，伸手硬塞入惠雲口中。
惠雲口中滿是棗子的果實味。
「聽好，可別吐出棗核！就那樣一直含在口中！」
白子老人看惠雲吃掉棗肉，將棗核含在口中後，仍滿面通紅，憤憤不平：
「哼！」
「哼！」
「死心吧，死心吧，這場棋局，我贏了。」黑子老人說。
「都是你害我輸了這盤棋！」白子老人依然怨恨地望著惠雲。
「下一盤再贏過來不就行了？」
「好，那就千年後吧。千年後等我贏了棋局，再來看你捶胸頓足的模樣。」
「捶胸頓足的恐怕還是你。等千年後再來看好戲。」
「哼。」
「哼。」
兩人腳底下同時捲起白雲。
乘著白雲，兩個老人輕飄飄地浮在半空。

「千年後見。」

「千年後見。」

兩人互相道別，高高升在上空，眨眼間，白子老人便乘著白雲往南方飛去，而黑子老人則飛向北方。

惠雲一人留在原地。他目瞪口呆地仰望老人消失的天空。

看樣子，自己是看了一場非現世人所下的棋局。

啊呀，這眞是一場詭怪奇譎的經驗。惠雲欲拿起腳底下的橡木杖，卻發現那杖子不知何時已腐朽般地粉碎了。

惠雲空手穿過吉野，進入京城，回到叡山祥壽院一看，只見兩名陌生的和尚正在唸經。

於是，惠雲向兩名和尚搭話——事情似乎就是這麼來的。

四

仁覺與英德查了種種資料，得知五十年前，確實有位名爲惠雲的僧侶待在祥壽院。

惠雲所說的住持，也的確是五十年前的住持。而義然與明實，也都是五十年前的叡山僧侶。只是，他們都已不在人世。

至於「惠雲」這名僧侶，據說五十年前到熊野辦事後，便再也沒回到叡山。

「那個惠雲就是我。」自稱惠雲的和尚如此說。

然而，惠雲爲何在五十年後回來了？

以惠雲自身的感覺來說，他只是出門到熊野一趟而已，離開叡山還不到一個月。況且，惠雲的年齡也跟當初出門時一樣。若是眞正的惠雲，實際年齡應該將近百歲了。但左看右看，惠雲的容貌只不過將近五十歲。

是有人佯裝惠雲？或眞是惠雲本人？

如果這人眞是惠雲本人……

雖然俗說天界與俗界的時間流逝速度不同，但一般是說天界的一日等於俗界的一年，或頂多三年而已。

「總之，他們是乘著白雲飛去的人，應該是仙人或天界的人吧。我湊巧闖入他們下棋的現場，自以爲只有一時辰半的工夫，其實在俗界已過了五十年的光陰吧？」惠雲說。

「就算如此，也眞是怪事一樁。」

不但本人，連別人也認同這種說法，於是惠雲便留在祥壽院了。

五

「原來如此。」博雅點頭說，再望向晴明。「這事眞的很怪，不過，也有可能發生吧。」

「他遭遇了北斗星和南斗星下棋的現場，當然有可能發生那種事。」晴明爽快地肯定。

「晴明，你是說，北斗星和南斗星？」

「根據惠雲大人所說，持黑子的應該是北斗星，持白子的則是南斗星吧。」

「可是，先不管那事有多怪，北斗星和南斗星眞的在吉野附近山中下過棋？」

「別忘了，熊野、大峰、吉野都是靈山，發生任何事都不足爲奇。」

「可是……」

「既然惠雲大人認爲他遭遇了此事，那就眞的遭遇了此事。人啊，即便在同一場所遭遇同樣的事，也不會有相同的體驗。這就看當事人所中的是什麼咒，每個人的體驗就會有微妙不同。」

「又要講到咒了？」

「我只是想說，如果讓其他人遭遇同樣現場，或許那兩個老人，就只是附近的普通兩個老人在下棋而已。」

「我聽不懂。」

「不懂也無所謂。因爲我也不知道眞相。」

「可是，晴明啊，爲什麼你必須跑一趟叡山？事情不是解決了嗎？」

「博雅，事情似乎還未解決。」

「什麼意思？」

「聽說，惠雲大人不覺得肚子餓。」

「不覺得肚子餓？」

「他不吃飯。」

無論仁覺或英德再如何勸誘，惠雲自從出現以來，始終沒進食。

「大概貧僧遇見難能可貴的上人，所以肚子不餓。」

而且也看似不睏，夜晚一到便通宵唸經。

他總是笑容滿面。成天只顧著唸經。一有空閒，從早到晚都在唸經。

「勸他飲食時，他好像偶爾會喝點白開水。唯一肯入口的，也就白開水而已。」

「是嗎？」

「還有啊，博雅……」晴明壓低聲音。

「還有什麼？晴明。」

「每當惠雲大人喝下白開水後，等他站起來，他坐過之處都是濕的。」

「難道惠雲大人失禁了？」

「所以我必須跑一趟，確認一下……」

「有人來拜託你？」

「有。中午，仁覺大人來過這兒。他說惠雲大人的樣子有點可怕，請我去一趟。」

「有關那種事，叡山那邊，不是也有……」

「他們不想讓上頭的人知道。」

「爲什麼？」

「和尙也想出人頭地呀。」

晴明的紅脣泛起微笑。

「他們還未向上頭報告。趁現在圓滿解決的話，就只有祥壽院的和尙知道這件事。如果置之不顧，萬一發生什麼問題，會影響他們的前途。」

「原來如此。」

「正是如此。」

「那麼，你打算明天到叡山？」

「怎樣？博雅，你要不要去？」

「我？」

「嗯，或許可以看到有趣的東西。」

「有趣的東西？」

「去不去？」

「唔，嗯。」

「走。」

「走。」

事情就這樣決定了。

六

惠雲端坐在地，面對晴明與博雅。

他臉上掛著微笑，望著晴明與博雅。

「我是安倍晴明。」晴明道。

博雅也報出自己的名字。

東和尚

呵。

呵。

惠雲只是微笑著點點頭。

三人並非討論什麼特殊話題。聊的都是些閒話。

晴明和惠雲都聊些天氣季節，或有關現今朝廷的話題。

自然而然亦會提起陰陽道。

「這麼說來，晴明大人是賀茂忠行大人的……」

「忠行大人為敝業師。」晴明回道。

兩人繼續閒話家常。惠雲說話時，口中會傳來某種清淡的果實味。

無關緊要的話題，依舊持續著。

說話的幾乎都是惠雲。晴明只是偶爾回應一兩聲，或惠雲提問時才會回答。

不久……

「請給我們白開水……」

晴明於聊天之間要求白開水。仁覺站起身，端來一碗白開水。

晴明喝了一口白開水，博雅也喝了一口白開水。

惠雲也跟著喝了一口白開水。

待惠雲將空碗擱在地板，晴明說：

「抱歉，能不能請您往後退幾步？」

「往後退？」

「只要退幾步就行。往後退，再照現在那樣坐在地板上。」

惠雲按照晴明所說，往後退了兩步，端坐下來。

「請您看看這個。」晴明又說。

「這有問題嗎？」惠雲笑咪咪地問。

「這是惠雲大人剛剛喝下的白開水。」

「白開水？」惠雲詫異地問。

「您還無法理解嗎？」

「還無法理解？無法理解什麼？」

晴明不作聲。只是默默地無言望著惠雲。

久久一陣沉默。

突然，「啊」的一聲，惠雲微微動了一下嘴唇。

「啊，原來如此……」惠雲點頭，「啊，原來是這麼一回事。原來如此。」

他好像茅塞頓開了。

「剛剛實在聊得很愉快。」晴明凝視恍然大悟的惠雲。

「是，聊得很愉快。」

惠雲一臉信服地回道，接著以悲哀的眼神望著晴明。

「由衷感激晴明大人。如果不是晴明大人來這一趟，我可能一直毫無知覺。」

「您的故事很有趣。」

「我很想再多過幾天專心唸經的日子……」惠雲落寞地說，「不過，人生或許就是這麼回事吧。」說畢，微微一笑。

「是的。」晴明點點頭，再向惠雲頷首。「請您瞑目成佛。」

「是。」惠雲再度露出微笑。

那微笑，逐漸稀薄，然後消失。

惠雲已不見蹤影，方才端坐之處，只剩下一件他一直穿在身上的僧衣。

「原來惠雲大人早已不在人世了……」博雅說。

「嗯。」晴明點頭。

七

之後，仁覺和英德從叡山出發，前往吉野。

他們穿過吉野，進入大峰山，來到晴明所說的地點，眼前果然有株櫻花盛開的老山櫻。

樹下，有株樹齡看似五十年左右的棗樹，櫻瓣正飄落在棗樹上。

兩人拿出事前準備的鋤頭，開始挖掘棗樹樹根，結果，樹根下出現一副白骨。

棗樹正好是從白骨口中長出來的。

東國人遇鬼

一

「太美了……」源博雅入迷地說。

博雅手持玉杯，仰頭望向天空。

這是個月夜。

月亮掛在透明夜空上，連博雅所坐的屋簷下都照進月光。

方才開始，坐在自上空流瀉而下的月光中，博雅如痴如醉地不時嘆氣，獨自說些讚美月亮的話。

場所是安倍晴明宅邸的窄廊。

兩人對酌。燈火一盞。

酒杯一空，兩人身旁的蜜蟲便會無言舉起酒瓶，爲兩人添酒。

晴明也坐在月光下，背倚柱子，任憑博雅自言自語。

看似聽而無聞，又似傾耳靜聽，無論如何，博雅的聲音似乎傳到晴明耳裡了。

晴明身上寬鬆穿著白色狩衣，對他來說，博雅的聲音宛若樂音。

晴明的紅脣，隱約浮出微笑。

博雅口中所發出的嘆息、驚嘆聲、話語，以及聲調抑揚與呼吸，似乎在

在都令晴明感到愜意。

櫻樹嫩葉，在黑暗中搖曳。

發酵般的草叢、樹葉味道，溶化於大氣中。

離雨季還有一段日子。

仰頭望著月亮，上空益發清澈，月亮也益發皎潔。

月亮彷彿在夜晚的穹蒼中發出嘹亮響聲。

「在這月光下，我覺得我的靈魂好像也在往天空上升。」博雅說。

「天上好像在演奏我所知的一切樂音……」博雅望向上空，再度說：

「實在太美了……」

博雅將視線移回晴明身上，感慰不已地說：

「晴明啊，你不覺得嗎？」

「覺得什麼？博雅。」晴明望向博雅。

「月亮呀……」說畢，博雅又搖搖頭。「不，是天地。你不覺得，今晚天地比往常還要美，還要令人感動嗎？」

「原來你是說這個。」

「什麼『原來是說這個』？難道你對今晚的月色無動於衷？」

「有啊。人，因咒而心動，也因心動而滋生咒。」

「啊？」

「人藉由咒來和宇宙產生關聯。美，也是一種咒，爲了讓人和宇宙有關聯而存在。」

「又要說咒？」

「聽我說嘛，博雅。」

「聽是可以，晴明，但千萬別講得太複雜。」

「不會講得很複雜。」

「那你說吧。」

「博雅，何謂『美』？」

「什、什麼？」

「我換個說法好了。所謂『美』，到底在何處？」

「什、什麼？」

「例如月亮。你剛剛說月亮很美，可是，那個『美』，到底在何處？」

「不、不就在月亮上嗎？」

「問題就在這裡，博雅……」晴明紅脣上浮出愉快笑容。

「難、難道不是月亮？」

「別急，博雅。確實是月亮，但是，月亮只是月亮而已。」

「……」

「比如說，博雅，這世上所有人，包括你我，所有生命都絕滅了，會怎麼樣？」

「什麼怎樣？」

「我是說，觀賞月亮的人都死光的話，會怎樣？」

「……」

「換句話說，看到月亮而覺得月亮很美的感情，爲月亮而心動的感情，全部自世上消失了。」

「……」

「如果世上所有人都絕滅了，月亮還是月亮。大概仍同今晚一樣，發出皎潔月光吧。可是，月亮雖然還在，但月亮的美，卻會和人一起消失。」

「晴明，你還是講得很複雜。」

「一點都不複雜。」

「很複雜。」

「別這樣說，博雅，好好聽我說……」晴明微微向前探身。「反過來說，如果月亮不存在，又會怎樣？」

「又會怎樣？」

「沒有月亮，沒有花，沒有星眼……世上只有你和我。其他東西一開始就不存在的話……」

「……」

「那麼，就跟我剛剛說的一樣，美，也會從這世上消失。」

「你、你是說，要讓『美』存在於這世上，須有觀賞的人，也須有受觀賞的物事？」

「正是如此，博雅。」

「唔，唔。」

「如果光是源博雅存在，而月亮不存在的話，『美』也就不存在。但光是月亮存在，而源博雅不存在的話，『美』也會不存在。正因爲有源博雅，有月亮，這世上才會滋生『美』。」

「……」

「所謂咒，可以說是『人』本身。生命本身便是咒。」

「唔，唔。」

「咒，結合了生命與宇宙。」

「晴明，有件事很怪。」

「什麼事？」

「今晚你所說的咒的道理，不像往常那樣，讓我聽得糊里糊塗。」

「是嗎？」

「聽完後，更深深覺得月亮和天地，同我結合得更緊密。」博雅望著月亮喃喃自語。

「那不是很好嗎？」

「嗯。」博雅像隻聽話的小狗，點點頭。

此時，晴明「咦」的一聲，別過臉。

他將視線投向黑暗彼方，頓住呼吸，看似在探索某物。

脣上的笑容已消失。

「怎麼了？晴明……」

「好像有什麼東西來了……」

「什麼？」

博雅反問時，蜜蟲也望向庭院深處。大門附近，似乎有人的動靜。

從晴明與博雅所在的窄廊望過去，大門方向是死角，但仍可察覺有人慌亂自大門衝進來。

「救命呀！」聲音響起。走投無路般的男聲。

有個旅行裝束的男人，從一旁黑暗處跌跌撞撞來到庭院。

「救命呀！救命呀！」

那男人撥開夜露沾濕的草叢，衝到窄廊前。

頭上的烏帽似乎是掉了，露出蓬亂的髮髻。

男人跪倒在窄廊前，仰頭望著晴明與博雅說：「救命呀！」

「怎麼回事？」博雅微微抬起腰身問道。

「有東西追我。」男人說。

「有東西追你？什麼東西？」

「不知道。」

「不知道？」

「是很恐怖的東西。那東西在追我。」男人邊說邊回頭看。

「晴明，這男人在說什麼？」博雅問，「這男人還未跑進來之前，你就察覺了，應該知道他在說什麼吧？」

「錯了，博雅……」晴明慢條斯理地站起身。

「什麼錯了？」博雅也跟著站起身。

「我說有東西來了，不是指這男人。」

晴明剛語畢，從庭院伸至瓦頂泥牆的楓樹、櫻樹樹梢，宛如陣風颳過，沙沙作響。似乎有隻隱形黑手，在黑暗中撫摩了樹葉與樹枝。

「我說的正是那個。」晴明道。

「啊呀！」男人雙手擱在窄廊，撐起上半身。

「在哪？躲在哪裡？」

黑暗中響起令人不寒而慄的恐怖呼喚。

「這裡嗎？在這宅子內嗎？」

樹枝沙沙作響。

「唔，進不去。進不去。有東西阻止我進去。」

瓦頂泥牆外，似乎有某種東西氣憤地嘖嘖咂嘴。

「就、就是那個。是那東西在追我。」男人尖聲道。

「晴、晴明……」博雅望向晴明。

「別擔心，那東西進不了這宅子。」

那肉眼看不見的東西，似乎正在瓦頂泥牆上左右移動，攀在泥牆上的枝葉也隨之沙沙搖曳。

「哼，氣人，這邊也進不去。」

那東西騷鬧了一陣子，不久，靜止下來。

「本來想抓來打牙祭的……」

那聲音說出令人毛髮倒豎的話。

「你叫平重清對吧？反正我知道你的名字，今晚不行的話，我明晚再來。明晚還是不行的話，後天晚上再來。總之我會每天來，直到吃掉你爲止……」

動靜消失了。

男人在窄廊前以雙手抓住晴明的右腳踝，全身不停發抖。

二

蜜蟲端來一只碗，男人足足喝下三碗水，才開始述說事情的來龍去脈。

「我名叫平重清，住在東國①。這回因有事到京城來，不料途中竟遭遇那東西……」

三

一行人從東國到京城，來到勢田橋時②，剛好天黑了。

隨從三人。

本來預定在當天進入京城，但重清自早朝開始就鬧肚子，延遲了出發時

① 關東地區。

② 滋賀縣琵琶湖南方瀨田川上的橋。往昔是交通、軍事要衝。

刻。雖然在附近搜尋可住宿之處，卻找不到適當的地方。

正考慮要露宿時，一名隨從在路旁找到一棟適當宅子。庭院和住屋都荒廢不堪，看似無人居住，卻正好可讓一行人過夜。也不用顧慮其他人，可以好好休息一番。

雖不知爲何沒人住，總之，能在可以遮蔽風雨的宅子內過夜，已令人心滿意足。

將馬匹拴在窄廊欄杆後，隨從便各自睡在屋簷下的窄廊上。

主人重清則在屋內鋪上皮褥，單獨就寢。

雖在旅途中幸運找到這宅子可以過夜，但重清卻輾轉不寐。

也不熄燈，讓燈火繼續燃燒。畢竟是擅自進駐的陌生宅子，重清點著燈火，是爲了半夜萬一有事，可以隨時起身。

重清躺在皮褥上，因睡不著而張著眼，然後，逐漸感覺房內的黑暗好像滲入自己眸中，連骨髓都充滿了黑暗。

不久，重清察覺奇怪的動靜。

房內不知何處，傳來某種嘎吱嘎吱的怪聲。

嘎吱。

嘎吱。

聽來像是指甲抓搔某物。

重清依然橫躺在皮褥上，轉頭望向聲音傳來的方向，發現房內裡邊黑暗處，好像有什麼東西。

他在黑暗中定睛凝視，看出那東西似乎是馬鞍櫃。

那是收納馬鞍的櫃子。可爲什麼會擱在房內？

而且怪聲似乎是自馬鞍櫃傳出的。

重清也不知那馬鞍櫃是否本來就擱在房內。

事有蹊蹺。

難道自己睡在鬼屋裡？重清開始害怕起來。

正當他猶豫到底要不要逃離此處時，馬鞍櫃的蓋子開了一條縫隙，裡面好像有東西正盯著自己。

而且，那蓋子正徐徐往上打開！

這下不逃不行了——重清暗忖。然而，要是突然起身奔逃，那東西也可能從馬鞍櫃內跳出來，三兩下就逮住自己。

「我去看看馬匹吧。」

重清自言自語地佯裝擔憂馬匹的安全，而起身想去看馬。

「我看看。」

重清來到外頭，在月光下看到自己的馬匹好好地拴在欄杆。

躡手躡腳在馬背套上馬鞍，再悄悄爬上馬背時，背後傳來呼喚。

「喂，你去哪？報上名來。」

「我叫平重清。」

重清情不自禁報出大名。繼而一想，隨從根本不可能問主人的名字，這才知道是馬鞍櫃內那東西喚住自己。

馬鞍櫃蓋子啪嗒一聲打開了，他知道有東西從那裡面爬出來了。

「大家醒醒，快逃啊！」重清大喊，「這兒是鬼屋！」

重清用鞭子在馬後抽打了一下，馬匹立即往前飛奔。

他拚命鞭策馬匹奔逃，連回頭探看隨從狀況如何的餘力也沒有。因爲後方有東西以同等速度追了上來。

距離近得連對方的呼吸都聽得到。

喀哧。

喀哧。

對方咬牙切齒般的聲音也傳了過來。

「你打算逃到什麼時候？難道沒看到我在此處嗎？」

重清耳邊傳來駭人的聲音。

他全身毛孔大開，不由自主回頭觀看。

夜色中，他無法看清對方。但在月光下，看得出是龐大漆黑，不可言喻的恐怖東西。

「哎呀！」重清大喊，奮力策馬。

跑著跑著，前方可見勢田橋了。

此時，不知馬匹絆到什麼，往前摔倒，重清也騰空飛出。

重清的身體狠狠摔在地上，卻又馬上爬起來。

而馬匹似乎折斷了腳，躺在地上起不來。

眼前正是勢田橋。重清跳到橋下，躲在一根柱子後。

橋上好像有動靜，且傳來叫聲：

「我知道你逃到這兒下馬了，到底躲在哪裡？」

萬一被對方發現，那可難保性命。重清屏氣凝神地拚命唸著唯一熟悉的《觀音經》。

觀音菩薩啊，請救命呀……

「你躲在橋下吧！」

橋上傳來聲音。妖鬼似乎正往下觀看。

就在重清以爲這下沒命時，橋下別處傳出另一個聲音：

「請等等，我馬上出去。」

奇怪，這是誰？除了自己，還有其他人也躲在橋下？

「果然躲在下面。」妖鬼出聲。

接著，耳邊傳來有人爬上對面堤防的聲音。

「喔，終於出來了，你這小子！」

頭上響起咚的一聲。似乎是妖鬼撲向從堤防爬上橋的人。

然後……

咯吱。

咯吱。

喀擦。

喀擦。

橋上傳來妖鬼啃咬東西的聲音。

那個代重清走出橋下的人，似乎遭妖鬼自頭部給吞噬了。

雖然不知那人是誰，但幸虧那人當了代罪羔羊，重清才得以保住性命。

重清感到抱歉，但得趁那人被吞噬時逃命才行。

他游到對岸，爬上河灘，輕手輕腳往京城方向前進。

走了一陣子，看見一匹馬。正是方才絆倒在地，看似無法動彈的自己的馬。重清大喜，隨即乘上馬背，再度往前飛奔。

「什麼?原來在對面啊，重清!」

妖鬼聽到馬蹄聲，察覺重清的存在。

「別逃!」

妖鬼追了上來。重清拚命策馬往前飛奔。然而，馬腳顯然受傷了，速度沒方才那般快。

「這馬眞礙事!」後方傳來聲音，「先吞噬這馬算了!」

重清嚇得魂飛天外，但仍拚死拚活地策馬疾馳。

不久，馬的速度慢了下來。不過，在後方追趕的妖鬼似乎也累了，並未追上重清。但距離還是愈來愈近。

呼。

呼。

妖鬼的氣息逐漸逼近。重清感到那氣息幾乎就吐在後頸。

「呵呵!」

笑聲就在身後。

「抓到了!」

剛聽到妖鬼如此說，馬的速度立即慢了下來。

是妖鬼抓住馬的臀部？還是妖鬼咬了馬？

重清再度自馬背向前摔下來。他立即站起身，拔腿往前逃。

本以爲妖鬼會立刻追上，沒想到妖鬼沒追上來。

身後傳來類似悲鳴的馬嘶聲，也傳來野獸啃咬馬肉般的聲音。

喀哧。喀哧。野獸啃咬肉的聲音。

嗦。嗦。野獸吸吮鮮血的聲音。

喀喀。咯咯。野獸咬碎骨頭的聲音。

重清頭也不回地往前奔跑。

他不知隨從們到底如何，但目前已自顧不暇。

趁著妖鬼啖噬馬匹，重清不顧一切地奔逃，終於進入京城。

進入京城後，每棟宅邸均大門緊閉，也看不到任何燈火。

重清已無力繼續奔跑，他爬也似地踉蹌，身後傳來妖鬼的聲音：

「在哪裡？」

「在哪裡？」

「我聞到你的味道了，重清。」

「這邊嗎？」

「原來跑往那邊。」

聲音逐漸挨近。重清再度拔腿奔跑，不過速度跟步行差不了多少。

正當重清以為無望，他看到微微的燈火亮光。

瓦頂泥牆內似乎有人點著燈火，亮光隱約映照在庭院內的松樹與楓樹枝葉上。

他懷著祈禱的心情，衝進眼前的大門。

重清拚命來到門前，大門竟敞開著。

而且，泥牆內傳出有人說話的聲音。

「聽完後，更深深覺得月亮和天地，同我結合得更緊密。」

四

「衝進來後，才知這兒正好是安倍晴明大人的宅邸……」平重清說。

「原來如此，原來是這回事。」晴明點頭。

重清一邊講述事情的緣由，逐漸恢復正常呼吸。

「我得救了嗎？」

「今晚算是得救了……」

「那妖鬼說還會來，真的會來嗎？」

「恐怕是會。」

「可是，我到底該躲到哪兒呢？」

「不管躲到哪兒，都會被找到吧。因爲對方是妖鬼。」

「怎麼可能？」

「對方問你名字時，你不該報出自己的名字。應該報假名比較好。」

「……」

「當你報出名字時，你與妖鬼之間便已結下咒了。」

「啊……」重清叫出聲，繼而想到一件事，問晴明：「對了，我那些隨從不知怎麼了？」

「只要離開那鬼屋，應該沒事吧。」

「那我往後該如何才好？」

「今晚你就在我這兒休息。這也算是種緣分，若能幫你解決問題，明天再設法解決。」

晴明轉向博雅，問道：「怎樣？博雅，去不去？」

「去哪？」

「平重清大人住宿的那棟鬼屋。」

「去做什麼？」

「還不知道，明天再想吧。」

「唔，嗯。」

「怎樣？去不去？」

「嗯。」

「走。」

「走。」

事情就這樣決定了。

五

翌朝，晴明若有所思地望著掌上之物，自言自語。

「嗯。」

博雅過來一看，發現晴明左掌上，有幾根看似黑色獸毛之物。

「怎麼回事？」

「蜜蟲今天早上取來的。」

「蜜蟲？」

「我叫她到昨晚妖物跑過的泥牆上看，結果，這玩意纏在楓樹樹枝上。」

「這是什麼毛？」

「你說呢？」晴明有所示意地微笑，又向蜜蟲吩咐：「蜜蟲呀，拿筆墨過來。」

「拿筆墨幹嘛？」

「待會兒再慢慢解釋。老實說，我目前也不知道這是什麼。」

「你不知道？」

「所以我要先查出這東西到底是什麼。」

蜜蟲備妥硯臺和墨，以及筆、紙。

「對了，博雅，如果我沒記錯，廣澤的寬朝大人應該和勢田橋有關吧？」

「喔，應該是十六、七年前吧？」

「十六年前。」

晴明在紙上沙沙寫字。寫完後，交給蜜蟲。

「蜜蟲呀，妳將這個送到廣澤的寬朝僧正那兒。」又說：「妳向僧正說，我們中午會在勢田橋，回信請送到那兒。」

蜜蟲文靜點頭，悄然無聲地離開。

晴明再度提筆，在另一張紙開始寫上許多動物名。

犬。

貓。

牛。

馬。

鼠。

山豬。

烏鴉。

「你在幹嘛？」博雅問。

「我不是說待會兒再慢慢解釋？博雅，你快去準備一下，我們騎馬去。」

「騎馬？」

「嗯。吞天應該把馬牽到庭院了。」晴明道。

六

出了京城，前往勢田橋途中，某處路旁聚集了許多人。

原來是附近居民與旅行裝束的人，聚在路旁鬧嚷嚷的。

騎馬挨近，從馬背上隔著人頭望去，只見地上有匹已斷氣的馬躺在血泊中，內臟全部不見了。

「這是我的馬。」平重清說。

聽到重清如此說，人群中走出三個男人。

「是重清大人！」

「重清大人，您沒事嗎？」

「重清大人！」

「喔，原來是你們？」

三人都是重清的隨從。

重清下馬，問了三人，才知道那晚重清騎馬逃離後，宅子內衝出一陣駭人的黑風，追在重清身後。

由於隨從聽到重清喊「快逃啊！」，於是離開那宅子在野外露宿，天亮後才邊找重清邊往京城前進。

過了勢田橋來到此地，發現路旁聚集著一群人。

仔細一看，竟是重清的馬，且內臟已被吃空。

卻不見重清蹤影。難道妖鬼吞噬了重清？

隨從正悲嘆主人的安危時，突然傳來重清的聲音，隨從才又與主人相逢。

「總之，大家都沒事，眞是再好不過了。」重清命隨從收拾馬的屍體，又吩咐：「收拾完後，你們先到京城等我。」

「重清大人呢？」

「我得先解決我的問題。詳細情形日後再說明。」

如此，重清繼續與晴明、博雅往東前進。

七

晴明一行人在勢田下馬，站在橋上。馬匹繫在堤防的柳樹上。

除了晴明、博雅、重清，還有身上穿著古舊藍窄袖服的呑天。

呑天本來是一隻烏龜，住在廣澤的寬朝僧正所在之遍照寺池內。因某種機緣，現在是晴明的式神。

勢田橋架在自琵琶湖流出的瀨田川上。

他們腳下是洶湧湍急的河水。昨晚，重清正是躲在這橋下的柱子後。

「昨晚我真的嚇得全身發抖，雖然現在是白天，又與大家同行，較能平心靜氣，不過，想到昨晚的事，我還是感到很恐怖……」重清說。

「現在你什麼也不用擔憂。」

晴明邊說，邊享受自琵琶湖面吹在臉頰的微風。

「我們在這兒幹嘛？晴明。」博雅問。

「等。」

「等什麼？」

「等寬朝僧正大人送來的信。」晴明仰望天空。

青天一望無邊。

不久，晴明說：「來了。」

「來了？什麼來了？」

博雅也抬眼追逐晴明仰望的西方上空，果然有某物浮在上空。

那東西逐漸往這邊下降。

「我不是說過了？寬朝大人的信。」

那東西徐徐自天而降，在晴明胸前停住，浮在半空。

仔細一看，是個陳舊的木缽。缽內有張疊好的紙。

晴明取出紙後，木缽再度往上浮起，飛往西方。

打開紙，晴明讀了內容，點頭說：「原來如此。我們到下面河灘吧。」

一行人經晴明催促，從堤防走下河灘。

「呑天，你在那第三根柱子底部，往下挖三尺左右看看。」晴明吩咐。

呑天光著手搬開河灘上的石塊，在第三根柱子上游那側開始往下挖。

「晴明啊，你讓呑天做什麼？」博雅問。

「寬朝大人送信過來……」

「信？」

「信上說，那地方埋有千手觀音。」

「千手觀音？」

「十六年前，架這座橋時埋下的。」

「什麼？」

「這橋很容易被河水沖走，當時有人建議活埋生人獻祭，寬朝大人阻止了，用銅鑄的千手觀音菩薩像代替活人，埋在那兒。」

「原來如此。」

博雅語畢，呑天便發出低喊。

柱子底下，果然出現一尊嬰兒大小的千手觀音像。

大家定睛一看，發現雕像身上到處留有啃咬的痕跡。

「這就是昨晚挺身而出，代你被妖鬼啖噬的替身。」晴明說。

「原來是這雕像……」重清接過雕像。

「是。」

「我只是情不自禁摟住柱子，唸觀音經，沒想到竟受到庇護……」

「正是如此。」

重清恭恭敬敬地將雕像擱在河灘，合掌默禱。

「呑天，你再愼重地將雕像埋回原地。」晴明望向博雅，說：「我們動身到下一站吧。」

「下一站？」

「就是重清大人夜宿的鬼屋。」晴明說。

「唔，嗯。」

「對了，呑天，你埋完雕像後，再幫我做件事。」晴明吩咐正在埋雕像的呑天。

「我給你一些錢，你拿這些錢到附近搜購五、六隻貓來。」

八

一行人與搜購來的貓抵達那鬼屋前，已將近傍晚。

「眞的沒事嗎？」重清惴惴不安地問。

「沒事。」晴明若無其事地回道。

晴明舉著燈火，率先走進宅子。

庭院雜草叢生。與晴明的庭院迥然不同。

博雅、重清跟在晴明身後。呑天則背個大籠子，跟在三人後面。

天色已昏暗下來。屋內大概漆黑得與夜晚無差。

「你要一起進去嗎？」晴明回頭問重清。

重清瞬間屏住氣，覺悟似地用嘶啞的聲音回道：「去，我去……」

一行人從窄廊登上屋內。踏著咯吱作響的地板，往裡前進。

「就是這兒，我昨晚睡在這兒……」重清說。

舉燈一照，那兒鋪著鹿皮皮褥。

「是那個嗎？」晴明望著房內一隅。

那兒有個陳舊的馬鞍櫃。蓋子緊閉。

「是、是的。」重清全身發抖，牙齒也發出咯咯響聲。

「有味道……」馬鞍櫃中傳出含混不清的可怕聲音，「這味道應該是昨晚那個平重清……」

馬鞍櫃的蓋子開始微微上下浮動。

「小子，你等著，等天再黑一點，我就出去呑噬你。」

馬鞍櫃中傳出某物轉動的聲音。

晴明向呑天使個眼色，呑天解下背上的大籠子，擱在地板。

「你在幹什麼?」妖物說,「好像不只一人。」
馬鞍櫃喀噠喀噠搖晃,蓋子掀開了。
「夜晚到了,我一次把你們全吃了吧。」
蓋子慢慢掀起。
「哇!」重清大叫,轉身拔腿就跑。
「別逃!」聲音道。
「現在動手。」晴明向呑天吩咐。
呑天打開籠蓋。籠內跳出七隻貓。
「到外面去,博雅!」晴明拉著博雅的手。
博雅跟在晴明身後往外奔跑。呑天跟在兩人後面。三人追上先一步逃到庭院的重清。
「晴明大人!」重清緊緊摟住晴明。
「沒事,我們暫且在這兒靜觀。」
晴明站在草叢中,轉身面向屋內。
屋內似乎有什麼東西正在激烈打鬥。不時傳出貓叫聲,以及不知是什麼動物的呻吟與吼聲。
有東西倒塌的聲音。

有指甲抓撓的聲音。

有動物的叫聲。

響聲持續了一陣子，不久，安靜下來。

「進去看看吧。」晴明說。

晴明舉著燈火率先登上窄廊，走進屋內。博雅、重清、呑天跟在後面。

來到屋內，晴明用燈火照看四周。

地板上有大量鮮血。柱子、地板都有肉片與獸毛。

「果然沒錯。」晴明道。

「這是？」

「這是……」

博雅和重清同時驚叫出來。

原來地板上躺著一隻渾身是血、仔牛般大的老鼠，已斷氣了。

七隻遍體鱗傷的貓，正在啃咬老鼠肉。

「原來妖鬼的原形，是這隻大老鼠？」重清說。

「是的。」晴明點頭。

「聽說老鼠活了四十年，會講人話。原來是長壽老鼠住在這宅子內危害人。」

「大概是吧。」晴明望著老鼠說。

「可是，晴明啊……」博雅問，「你在事前就叫呑天準備貓，表示你已知道妖鬼是老鼠了？」

「大致猜出來了。」

「怎麼知道的？」

「今天早上，蜜蟲不是在泥牆上發現獸毛嗎？」

「嗯。」

「我對那獸毛下個咒，就試出來了。」

「試什麼？」

「我在紙上寫了各種動物名，然後把獸毛自半空拋在紙上……」

「……」

「那毛零落掉在其他動物名上，但只有『貓』字上，一根毛也沒有。」

「原來如此。」博雅敬佩地回道。

「回去吧，博雅。等我們回到宅邸，月亮大概也高高掛在夜空了，我們可以持續昨晚的酒宴……」

晴明臉上浮出微笑，如此說道。

覺

一

青色亮光輕飄飄在黑暗中浮起。

是螢火蟲在飛。一隻，兩隻。

池面映照出螢火蟲的顏色。

池邊飛舞的螢火蟲，偶爾會飛到窄廊，在小酌中的晴明與博雅視線高度發光。

「多麼虛幻的顏色啊，晴明。」博雅將酒杯送到脣邊，出神地說。喝光酒杯內的酒，博雅又喃喃低語：「螢火蟲的生命其實很短暫……」

晴明未置可否，亦非聽而不聞，紅脣隱含微笑，靜靜喝酒。

「露子小姐也說過，螢火蟲幼時外型與雙親截然不同，住在水中，吃貝類而成長。」

「……」

「等到離水來到地上，發出那種亮光的日子，聽說頂多只有十天……」

燈火只有一盞。

燈光映照下，擱在窄廊的酒瓶反射著火焰赤紅的顏色。

博雅舉起酒瓶，爲自己斟酒。擱下酒瓶，又舉起酒杯，長吁短嘆地說：

「生命愈短暫，愈惹人憐愛……」

兩人一旁坐著身穿十二單衣的蜜蟲，有時會幫忙在喝空的杯內斟酒，但晴明與博雅幾乎都自斟自飲。

螢火蟲在黑暗中飄忽不定，眨眼間又會消失。

若以目光追尋螢火蟲亮光流向，在意想不到的場所，又會看到方才應已消失的螢火蟲，再度亮起。

夏蟲在草叢中不急不徐地鳴叫。

「是『心』還是『魂』呢？」博雅自言自語。

「怎麼了？」晴明低聲問博雅。

「我想起一件事。有位小姐將螢火蟲比喻爲魂，做了首和歌。」

「喔？」

「和歌內容是……」

博雅細聲唸出他憶起的那首和歌。

朝思暮想，螢光似吾身

魂牽夢縈，點點均吾玉①

①作者為和泉式部。意思是「為了丈夫而苦惱不堪時，來到此地一看，貴船川上都是螢火蟲，宛如從自己體內飛出去的靈魂」。貴船神社有這首和歌的石碑。

玉——靈魂之意。

「聽說是參拜貴船神社時所做的和歌。」

「參拜貴船神社時，想起薄倖男子而做的吧。既然是參拜貴船神社，這首和歌不是很恐怖？」

「別這樣解釋，晴明……」

「好像應該有返歌？」晴明漠視博雅的抱怨，回問。

「晴明，你倒滿熟悉的。」

博雅語畢，又唸出返歌。

深山飛瀑水花濺
左思右想自尋惱②

「聽說那小姐做完那首和歌後，不知從何處傳來蒼老聲音，唸出這首返歌。」

「這返歌說得很有道理。」晴明望著博雅。

「有道理？」

「不僅深山或森林，凡是在神聖寂靜的場所，想東想西，有時候靈魂眞

②這是貴船神明的返歌。意思是「別想太多，把問題想得有如數不盡的飛瀑水花」。

的會像螢火蟲一般，游離到體外飛舞。」
「什麼意思？晴明……」
「看樣子，你還不知道紀道孝大人和橘秀時大人的事吧。」
「不知道。我只聽說他們兩人好像發瘋了，到底怎麼回事？」
「是『覺』。」
「覺？」
「嗯。」
「什麼是『覺』？」
「是一種唐國妖魅。」
「妖魅？」
「聽我說，博雅……」
晴明喝光杯內的酒，將空杯擱在窄廊地板。
「五天前，」晴明道，「最初是源信好大人和藤原桓親大人。」
「最初？」
「就是最初到那道觀的人。」

二

那道觀位於五條大路與六條大路間的馬代小路。

兩人前往那道觀的理由——

「爲了《白氏文集》。」

「《白氏文集》？」

「嗯。」晴明點頭。

《白氏文集》是一本專門收錄唐代詩人白樂天作品的書。簡單說來，就是詩集。

「書中有一首〈尋郭道士不遇〉……」

「唔，嗯。」博雅點頭。

在宮中，通讀《白氏文集》是基本教養，所以無論是誰均大致熟悉裡面的詩。

博雅當然也讀過《白氏文集》。白樂天的〈琵琶行〉與〈長恨歌〉，都是宮廷的基本教養之一。

〈尋郭道士不遇〉一詩，是白樂天於某天拜訪一位郭姓道士，不巧對方不在，白樂天只得返回。內容如下：

郡中乞假來相訪，
洞裏朝元去不逢。
看院只留雙白鶴，
入門惟見一青松。
藥爐有火丹應伏，
雲碓無人水自舂。
欲問參同契中事，
更期何日得從容。

「這首詩又怎麼了？」

「詩中有個『院』字，指的正是道觀……」

道觀──正是道教寺院，也是道士修道起居的場所。

那晚，信好和桓親兩人邊喝酒邊聊白樂天的詩。

當時，也聊到〈尋郭道士不遇〉這首詩。

這首詩與白樂天其他詩相比，例如〈長恨歌〉或〈琵琶行〉，並非特別有名。

然而，兩人碰巧對這首詩的意思各持己見。

兩人爭執的問題，是白樂天到道觀拜訪郭道士時，郭道士當時到底在或不在？

「在。」源信好如此主張。

「不，他不在。」這是藤原桓親的主張。

作詩當時，白樂天約已四十五歲左右，任職江州司馬。

雖是官員，卻是閒職。

詩中說是「乞假」，亦即特意請假出門去拜訪郭道士。但白樂天明明有的是時間，根本不用誇張地寫成「乞假」。

可是，來到道觀一看，在世人眼光看來應該比官員清閒的郭道士，竟然忙得不見蹤影。因而白樂天回家後，就做了這首詩。

「你聽好，所謂『藥爐有火丹應伏』，意思不正是爲了製作丹藥，在現場忙東忙西嗎？比如說，你爲了做飯，不但生起火也汲了水，一切都準備好了，你會出門到哪兒嗎？」

「所以我說過了，那是因爲突然發生很重大的緊急事。」

「桓親啊，你沒理解那首詩的眞意。」

「這話怎麼說？」

「郭道士可能不在現場，但一定還在道觀內。而白樂天大師也知道郭道

士還在道觀內。可是即便是閒職，自己卻特意請假來拜訪，這令白樂天感到羞恥，才故意不見郭道士而回來。」

「既然感到很羞恥，爲何又特地做了這首詩？」

「這不正是白樂天大師的文才嗎？」

「文才？」

「感到羞恥時，如果寫下『羞恥』一詞，不是太白了？正因爲他寫成『更期何日得從容』，才顯得典雅呀。他故意把自己寫成綽綽有餘的『總有一天遇見你』，而事實上，應該暗自在取笑自己。難道你無法理解這點？」

兩人討論此問題時，桓親突然說：

「對了，京城內也有道觀。」

「道觀？」

「嗯。不知道那是不是眞的道觀，但六條附近的馬代小路，的確有棟唐式青瓦屋頂宅子。」

「喔？」

「這樣好了，我們現在去那兒看看如何？到那兒後，再繼續討論我們現在的問題。這才是眞正的風雅。」

「我想起來了。那兒的確有一棟你說的宅子，但聽說現在沒人住，荒廢得很。」

「嗯。」

「而且我又想起另一件事。聽說那道觀會出現不祥之物，所以大家都不敢挨近。」

「不敢挨近是當然的。沒人住又荒廢不堪的話，誰肯特意去玩？」

「可是……」

「膽小鬼。我不是叫你單獨去，我是說，我去，你也去。」

桓親這麼一說，信好再也無後路可退。

「那麼，走吧。」

如此，兩人各自搭上牛車，帶著自己的隨從，踏上夜路出發到那道觀。

抵達目的地一看，泥牆到處崩塌，夏草無所顧忌地茂密叢生。

所幸月光明亮，從毀壞的大門往裡探看，可見屋簷翹曲的唐式道觀。

信好與桓親乘牛車晃到這兒來時，興頭早已退去。對桓親來說，雖然方才嘴硬地堅持到這兒來，但現在也已失去在這荒廢道觀內討論問題的興致了。

可以了，回家睡覺吧——桓親很想如此說。

然而，事到如今，他也不好啓齒。

當著隨從面前就這樣回去的話，也太沒體面了。

這種事，必定會成爲宮中八卦而傳開。

兩人到了現場卻沒了膽量，沒進去就逃回家──事後宮中風言風語地傳出這種八卦，豈不令人懊惱？

怎麼辦？

信好和桓親都僵立在大門前。

最後只得選出兩名隨從，讓他們舉著火把進去。

「你們進去看看。」

可是，隨從遲遲沒回來。一時辰過了，二時辰過了，還是沒回來。

在外面呼喚，也沒任何應答。

本來打算再命其他隨從進去看看，但兩人只各自帶兩名隨從來，其中兩人已一去不返，現在身邊只剩兩人。

若再讓這兩名隨從進去，無論後果如何，現場便只剩信好和桓親了。

兩人說服其中一名隨從，答應要是找到先前那兩名隨從，必定給予獎賞，硬讓他進去。

但是，這隨從也一去不返。

三人在外面大聲呼喚，依舊沒有回音。

就在眾人慌亂無措時，月亮逐漸西傾，東方上空隱約開始泛白。

到了早上，四周亮起來後，最後一名隨從進去一看，發現三人都無恙。據說，三人都各自呆立在庭院草叢中。身上無傷。

但三人都像掉了魂，叫他們名字，他們渾然不知那正是自己的名字。

「變得像剛落地的嬰兒一樣。」晴明說。

「嬰兒？」博雅問。

「也就是說，除了『生而爲人』這個咒以外，其他的咒都自三人身上消失了。」

「又是咒？」

「有人餵他們才會張口吃飯。有人帶他們到茅房，他們才會在茅房拉屎撒尿，若沒人帶他們去的話，就當場……」

「唔……」聽晴明說畢，博雅也無言以對。

「於是，大家都說，三人是被妖鬼抽走了魂魄……」

「晴明啊，那，紀道孝大人和橘秀時大人，也去過那道觀了？」

「去了。」

「他們到底爲什麼要去？」

「因爲聽了源信好大人和藤原桓親大人的事。」

「可是，聽了應該就不會去吧？明知危險，爲什麼又去呢？」
「聽完後，道孝大人和秀時大人譏笑信好大人、桓親大人。」
「膽小鬼！」秀時先說。
「眞是膽小鬼！」道孝也隨聲附和。
「爲什麼不馬上進去救隨從？如果早點進去，或許隨從就不會變成那樣了。」
「聽說你們在外頭慌張失措，嚇得一直抖到早上。」
被譏諷的桓親和信好，當然心裡不好受。
「沒嚇得發抖。」
「在那種情況下，任何人都會那樣做。」
「如果你們也在現場，應該跟我們一樣。」
兩人如此辯解。
「不，我們不會那麼膽小。」
「沒錯。」
「既然如此，那你們自己去試試。」
「對，你們兩人親自到那道觀試試。」
「對呀，你們敢去嗎？」

信好和桓親如此挑撥。

「當然敢！」

「喔！」

道孝和秀時均乘輿如此說。

「結果，後果就那樣了。」晴明說。

「原來如此，所以道孝大人和秀時大人眞的去了那道觀？」

「嗯。」晴明點頭。

三

當時，信好與桓親也一起去了。

四人各自帶著隨從，分乘四輛牛車，往西前進，傍晚前抵達道觀。

太陽已下山，四周也開始昏暗下來。

「即將夜晚了。」桓親說。

「一會兒就天黑了。」信好說。

兩人聲調都帶著興奮。他們看出秀時和道孝的懼怕。

「唔，唔。」

覺

「唔，嗯。」

秀時、道孝則繃著臉。

信好和桓親愉快地觀察他們的表情，交互說道：

「等天再黑一點，才能進去。」

「光是單腳跨進大門內就回來的話，等於沒進去。」

「有道理。進去後，要不要留下可以當證據的物品？」

「喔，好主意！」

「所幸我有綁信匣的繩子。」

信好從懷中取出一條紅細繩。

「進去後，讓他們兩人用這細繩綁在柱子上？」

「明天天亮後，再派人來查，看道孝大人和秀時大人是否如約進去了。」

道孝、秀時兩人只能有氣無力地點頭。

「唔，唔。」

「嗯，嗯。」

他們因一時逞強而自告奮勇，一旦到了現場，就無精打采。若有適當藉口，眞想打道回府。

而信好、桓親兩人心情也很複雜。

對他們來說，道孝和秀時若能打消主意是再好不過了。硬逼對方，要是對方眞的進入道觀且無事歸來，這下遭眾人譏諷的則是自己。

四周已昏暗，入夜了。

事前帶來的火把，正在燃燒。

「可、可是，這樣做好嗎？」道孝問。

「什麼好不好？」桓親道。

「如、如果我們眞的進去，在柱子綁上細繩又回來，難堪的可是你們喔。」道孝說出桓親、信好的擔憂。

「那、那不成問題。」信好的回答，也是一種逞強。

勢成騎虎，雙方都無法打退堂鼓了。

而且，兩人也眞的鑽進大門進入道觀。

四

西京——

這一帶本來就人家稀少，樹木叢聚。

入夜後，除了一行人外，不見其他行人往來。

兩人進入道觀，地面滿是知風草③、烏斂莓④等夏草，兩人必須撥開這些高及腰部的雜草，方得前行。

「喂，喂！」道孝喚住走在前面的秀時。

「什麼事？」秀時停住腳步，回頭看道孝。

秀時手中舉著火把，道孝懷中藏有細繩。

瞪著秀時的道孝表情十分誇張，雙頰僵硬，在火把亮光映照之下，簡直不成人樣。

「表情別那樣。」秀時說。

「表情？」道孝的表情益發奇異。

「算了。到底是什麼事？」秀時問。

「你、你不怕嗎？」道孝回問。

「別問。」秀時道。

「爲什麼？」

「問了只會讓人更害怕。」

「看吧，你還不是很怕。」

「當然怕，我哪時說過我不怕了？」

「啊，那我就安心了。」

③風草（*Eragrostis ferruginea*）。

④日文為「藪枯」，學名*Cayratia japonica*，多年生草質藤本。夏季開黃綠色小花，漿果卵形，長約七公釐，成熟時呈黑色。主治咽喉腫痛，目翳，咯血，血尿，痢疾；外用治癰腫，丹毒，腮腺炎，跌打損傷，毒蛇咬傷。

「喂，你是想讓我害怕，讓自己安心是不是？」

「什麼意思？」

「身旁的人若比自己害怕，自己便比較不怕。」

「沒那回事。」

「可是，你剛剛不是說安心了？」

「說是說了，但意思不是你說的那樣。」

「那是什麼意思？」

「我雖然說安心了，但不是爲了想說這句話，才刻意問你怕不怕。」

「算了。」秀時說，「我怕的是你的表情。」

「你的表情也很可怕。」

兩人鬥嘴一番後，像是有隻隱形冰手在背部撫摩似地，雙頰都抽搐了起來。兩人同時憋住幾乎脫口而出的悲鳴。

他們面面相覷，默默不語。道孝似乎難以忍受沉默，開口說：

「走、走吧……」

然而，雙腳卻停滯不前。

兩人的衣服下擺已吸了凝聚在草叢的夜露，沉甸甸的。

道觀建築物黑影就在不遠處。月光照射在荒廢庭院中。

「回、回去吧？」道孝說。
「回去的話，只會讓那兩人譏笑。」
秀時轉過身，面向道觀，拖著濕透冰冷的下擺跨出腳步。
道孝在秀時身後說：「都、都是你不好。」
「我又怎麼了？」秀時邊走邊回應。
「你先譏諷那兩人，所以我才……」
「別推卸責任。說起來，是你被那兩人慫恿，先說要來的。」
「是你先說的。」
兩人邊說邊走，眼前就是道觀了。
「快到了。」
秀時剛說畢，突然傳來叫喚：「請問……」
那聲音不是秀時也不是道孝。秀時回頭問：
「你剛剛說了什麼嗎？」
「我沒說。不是你說的？」
「不是我。」
就在兩人否認時，那聲音又傳來：「請問……」
兩人環視四周，發現屋瓦和屋簷都腐爛掉落的屋簷下，有個模糊不清的白影。

「那、那是！」

「是女人！」秀時說。

身穿白衣的女人，站在腐朽的窄廊，望向兩人。

兩人正欲哀號著逃離，那女人彷彿不給他們出聲的機會，細聲清脆地說：「怕嗎？」

兩人叫不出聲，沉默站在草叢中。

「你們剛剛想逃吧？」女人說。

女人步下窄廊，朝兩人走去。她逐漸挨近。

秀時忍不住退後半步。道孝雙膝開始發抖。

對了，身上有帶長刀來。長刀……

「想用長刀斬我嗎？」女人說。

此時，女人已站在兩人面前。

速度太快了！她一定不是這世間的人。甚至連撥開草叢的聲音都沒有。

「你正在想，我不是這世間的人，對吧？」女人向秀時說。

秀時知道自己的身體在發抖。爲什麼這女人知道自己內心的想法？

「你又在想，爲什麼這女人知道自己內心的想法，對吧？」

全都讓對方看穿了。到底該如何是好？

「到底該如何是好呢？」女人笑道。

誰來救救我們吧！道孝心裡如此想。

「誰來救救我們吧。」女人邊笑邊說。

早知道就別來了。早知道就別來了。

都是這小子不好。都是這小子不好。

不該意氣用事的。不該意氣用事的。

啊——

啊——

誰來救命呀！

誰來救命呀！

這時，不知爲何，秀時手中的火把竟迸出火星，觸到臉頰。

「燙！」

秀時忍不住拋掉火把，用手壓在臉頰上。

掉落的火把滾到女人腳下。女人「啊」的一聲，往後退。

瞬間，秀時和道孝的身體都恢復自由。

「哇！」

「哇！」

兩人大叫出來，雙手撥開高及腰部的草叢，游泳般奔到大門。

當秀時和道孝面無血色、跌跌撞撞跑出大門，信好和桓親也忘了譏笑他們，不由得往後退了幾步。

「出、出現了！」

「是個女人！」

「妖女！」

「太恐怖了！」

秀時與道孝如此大喊後，便撲倒在地，人事不省。

五

「之後，秀時大人和道孝大人都病倒了。」晴明說，「回到宅邸，家人問東問西，好不容易才問出以上詳情，不過，聽說兩人雖可以勉強照料自己的起居，卻整天關在家裡，不是呆呆坐著，就是躺在床上。」

「我也聽說了。」博雅點頭。

「有時候無法辨別家人，往昔的記憶也好像全消失了。」晴明道。

「晴明啊，你最初說的『覺』，和此事有什麼牽連？」
「兩位大人就是在道觀遇見了『覺』。」
「兩位大人遇見的女人，正是『覺』？」
「是的。」
「那『覺』到底是何物？」
「據說是一種住在山中的妖物。」
「妖物？」
「有人說是從大唐渡海過來的，其實沒那回事，倭國本來就有了，到處都有。所謂木靈，也是『覺』的一種。」
「是嗎？」
「『覺』能夠讀人心。」
「什麼？」
「說『讀』不如說是『吃』來得正確。『覺』能知道人心在想什麼。只要被『覺』依次說出自己內心的想法，最後那人的心便會空無一物。」
「這麼說來，最初進入道觀、桓親大人及信好大人的隨從，都遇見了『覺』？」
「大概是吧。」

「同最初那三人相比，道孝大人和秀時大人都能勉強照料自己的起居，是因爲……」

「因爲他們在還未被『覺』說出全部想法之前，就逃離現場了。」

「唔。」

「邊想邊行動的話，『覺』會先說出對方全部的想法，所以很難擊退。秀時大人是因爲火星的熱，才情不自禁掉落火把。正是此行動救了他們吧。」

「原來如此。」

「唐國也有人因意外而趕走『覺』。」

晴明向博雅述說此事。

有個住在山村的男人，某天在自己家前編製籠子。

編著編著，他發現眼前出現個奇妙物體。如猴般大小，外型也類似猴子，面貌卻看似人。

雙方視線對上了。結果，那看似猴子的東西說：

「你正在想，有個怪東西出現了。」

男人大吃一驚。爲什麼這東西知道自己的想法？

「你正在想，爲什麼這東西知道自己的想法。」對方又說中了。

覺

啊，這應該是傳說中的「覺」。

「你認爲我是『覺』。」

全說中了，男人恐懼起來。既然如此，乾脆拿一旁劈竹條的柴刀，一把將對方給砍了。

「你想用柴刀殺我吧？」又說中了。

男人不知如何是好。這樣下去，可能會被「覺」吃掉。

「原來你想讓我吃掉？」

「覺」往前跳過來時，男人因恐懼而雙手發抖，本來壓住竹條的手指鬆開了。

彎曲的竹條脫離男人的手指，彈到「覺」的眼睛。

「痛！」「覺」伸手壓住眼睛，往後跳開。

「哎呀，人偶爾會做出不經思考的事。這就是人的可怕之處。」

「覺」如此說畢，就逃回山裡了。

就是這樣一個故事。

「博雅，你打算如何？」晴明問。

「什麼如何？」

「明天晚上，我必須到那道觀一趟。」

「你要去？」

「你也去嗎？」

「……」

「準備些酒，去看到底會出現何物，應該是不錯的主意。」

「要去也可以，可是，沒有問題嗎？」

「什麼問題？」

「『覺』的問題呀。你不是說『覺』能夠說中人的內心想法，掏空人心嗎？」

「你不去？」晴明若無其事地問。

「我沒說不去。」

「那，你也去？」

「唔，嗯。」

「走。」

「走。」

事情就這樣決定了。

六

半月掛在上空。

皎潔月光自崩落的屋簷射下，照在晴明與博雅身上。

窄廊大部分都因腐朽而傾垮，但有幾處仍足夠支撐人的體重。

晴明與博雅正坐在那地板喝酒。

「沒想到竟有這種地方。」博雅右手握著酒杯說。

此處正是那道觀。

崩塌的窄廊之間，可見伸長的雜草，庭院裡的草更是叢生得密密麻麻。

晴明宅邸的庭院，雖然看似任由野草野花恣意生長，但與此庭院相比，晴明宅邸的庭院還可看出經人修整過。

四周沒有燈火。藉著月光，勉強可以看清景色。

「聽說，往昔曾有幾名道士在此修行，將門之亂⑤時，便沒人住了，之後一直任其荒廢。」

「可是，晴明啊。」

「幹嘛？博雅。」

「有件事我還是不懂。」

⑤平將門，生年不詳，卒於西元九四〇年，為平安時代的武將。平安中期於關東諸國舉兵謀反，自稱新皇，是為「將門之亂」。後為同族的平貞盛等人所殺。

「什麼事？」

「是『覺』的事。你在講唐國那個故事時，『覺』的外型不是很像猴子嗎？」

「嗯。」

「爲什麼道孝大人他們會看成女人？」

「那是因爲木靈和『覺』本來就沒有固定外型。」

「……」

「『覺』只是映照出觀者的心。」

「觀者的心？」

「比如說，現在『覺』出現了，你認爲它是人，它就成人形，你認爲它是猴子，它就成猴樣。」

「可是，道孝大人和秀時大人，應該不會一開始就認爲是女人吧？」

「那當然。」

「那爲何會看成是女人？若如你所說，他們應該會各自看成不同外型吧？」

「博雅，你說得沒錯，不過在這種場合，人往往會看成同樣的外型。人生來就是這樣。道孝大人與秀時大人，最初在屋簷下看到模糊不清的白色物

體。那時，秀時大人先喊出『是女人』。大概在秀時大人眼中看來是個女人吧。而道孝大人聽秀時大人如此說，他也就看成是女人了。」

「不知道我會看成什麼？」

「你說呢？」晴明看熱鬧地微微笑著，含了一口酒。

「話說回來，博雅，若你遇見『覺』想平安無事的話，你一定要遵守我所說的事。」

「什麼事？」

「當我對你說『來了』時，從那刻開始，直至我說『可以了』爲止，你絕對不能開口。」

「嗯。」

「還有，把這個帶在身上……」

晴明從懷中取出一張看似用毛筆寫著咒文的紙片。

「這是什麼？」

「符咒。爲你而寫的。」晴明將符咒遞給博雅。

博雅接過後，收入懷中。

「只要身懷此符咒，在不開口的狀況下，對方就看不到你。」

「明白了。」博雅點頭說，「但晴明你呢？如果『覺』……女人出現了，你怎麼辦？」

「我的事你別擔心……」晴明瞇起雙眼，「來了，博雅。」

博雅本想對晴明說些什麼，聽晴明如此說，慌忙閉上剛張開的雙脣。

晴明的視線投向雜草叢生的庭院。

博雅望向庭院，只見有個穿白衣的女人朦朧站在草叢中。

那女人在月光照射下，全身宛如淋濕般閃閃發光。

女人朝窄廊滑過來。明明在草叢中走動，草叢卻紋風不動。

「咦，我以爲有兩人，原來只有你？」

女人望著晴明，張開滑潤嘴脣笑道，又詫異地皺起眉。

晴明望著女人，不作聲地微笑。

「怎麼回事？」女人說，「爲什麼你沒在想任何事？」

女人看似焦躁地扭動身子。

「你不怕我嗎？」

她將臉湊到晴明眼前，距離近得連呼氣都能感覺到。

「爲何不想任何事？」女人道，「爲何不思考？」

晴明依舊不作聲地微笑。

「雞毛蒜皮的事也好，你想想好嗎？」

覺

晴明還是不作聲。脣上依然掛著微笑。

女人敞開胸前，在月光中露出雪白豐滿的乳房，在晴明眼前搓揉起來。白皙細長的手指揑住乳頭，使其凸起。

「你看不見這個嗎？看見這個仍不胡思亂想？」

接著，她又掀開下擺，讓私處露在月光下。

「這個呢？你不心動嗎？」女人扭動身子說。

然而，晴明毫無變化。

女人開始焦急。「喀」的一聲張開嘴巴，現出紅舌。嘴脣滋、滋地長出獠牙。

「我要吃掉你！」女人口中噴出熊熊青色火焰。

很長一段時間，女人極盡威脅與哀求之能事，想讓晴明心動。

晴明依然毫無變化。只是微笑望著女人。

「可惡，可惡，爲何你什麼都不想？爲何可以不思考？」

女人痛苦地扭動，像在擠壓身子似的，左右搖頭。

長髮左右搖晃，捲住她的臉及身子。

「啊，我吃不到，吃不到，肚子餓死了。」

女人雙眼簌簌掉淚。

「肚子餓呀，肚子餓呀……」她苦悶地撓抓喉頭。

不知不覺中，女人的臉開始消瘦。肌膚也逐漸變得又紅又黑。動作有氣無力。最後，瘦得只剩皮包骨的女人，撲倒在草叢中，消失了蹤影。

又過了很長一段時間，晴明才說：

「可以了，博雅……」

博雅鬆了一口氣，膝行至晴明身旁說：

「我擔心得要死，晴明。」

「博雅，看到有趣的東西了吧。」

「嗯，嗯。」博雅點頭。「可是，晴明，你不是也看到了？」

「沒有。」晴明說。

「沒有？什麼都沒看到？」

「對。待會兒你再慢慢說給我聽，說你到底看到什麼了，博雅。」

「說是可以，可是，你坐在這兒到底做了些什麼？」

「沒做什麼。」晴明道。

「什麼都沒做？」

「沒想任何事，腦中不浮出任何事，我只是坐在這兒而已。」

「這種事辦得到嗎？」

「只要修行到某種程度的和尚，任何人都辦得到。」

「是這樣嗎？」

「那妖魅沒東西可吃，可是，我卻在眼前，只要有人的氣息，它便無法消失。吃不到東西，反倒覺得餓。一覺得餓就更餓，最後自取滅亡。」

「什麼？」

「別管它了，反正酒都帶來了，就在這兒喝到天亮吧。其他事，等天亮後再說。」

晴明舉起酒瓶，在酒杯斟酒。

「喝吧，博雅。」

「唔，嗯。」

七

四周明亮後，晴明與博雅從窄廊下來，走進草叢中。

撥開凝聚朝露、閃閃發光的草叢前行，晴明說：

「喔，在這兒，博雅。」晴明頓住腳步，又說：「你看。」

「唔！」博雅看了一眼，吃驚地屏住氣。

草叢中躺著一隻外型奇詭的動物。
大小如猴子，身體類似猴子，但容貌是人。
「這是？」
「就是『覺』。」
晴明回應時，自東方上空升起的陽光，總算照進庭院。
陽光觸及「覺」的身體，「覺」便彷彿溶於大氣中，瞬間就消失了。
「覺」消失後的草叢中，有五粒珠子。三粒大珠子，兩粒小珠子。
晴明拾起那五粒珠子，說道：
「博雅，這些珠子都是『覺』所吃掉的人的心燈。只要讓他們吞下這些珠子，大家應該就能恢復原狀了。」晴明邊微笑著，又說：「博雅，就沐浴在晨光中，悠哉地回家吧。」
「嗯。」
就這樣，晴明與博雅穿過道觀大門，來到外面，徐徐朝東前進，回家去了。

針魔童子

一

秋天。天高氣爽。

雲朵在青空曳著尾巴往前飄流。大氣清澈，吹著乾爽的風。

龍膽。

桔梗。

敗醬草。

秋季花草在庭院搖曳。覆在花草上的楓葉，也已轉紅。

明亮陽光射進庭院。

源博雅舉著酒杯，與安倍晴明相對而坐。

這是晴明宅邸的窄廊。

蜜蟲坐在兩人一旁，酒杯一空，便默默朝酒杯斟酒。

兩人閒情逸致地喝酒。

雖說是白天，光坐在窄廊吹風便會感到寒冷，但酒一下肚，那風反倒令人感到很舒暢。

偶爾，楓葉會離開樹枝，在陽光下飛舞飄落。

泥土的味道。

針魔童子

落葉的味道。

這些味道皆已非夏天的味道了。

不同於夏天充滿鮮血般精氣的味道，那股生鮮勁已然褪去。

這是秋天的味道。

「望著那些飄落的葉子，總覺得很不可思議……」

博雅邊說邊將離開脣邊的酒杯擱回窄廊。

背倚柱子，瀏覽庭院的晴明，轉頭望向博雅問：

「博雅，什麼不可思議？」

「那些落葉……」

「落葉？」

「我在思索，那些葉子，到底還活著？還是已死了？」

「是嗎？」晴明紅脣浮上微笑。似乎對博雅的話感興趣。「博雅，什麼意思？」

「那片剛剛飄落的葉子，離開樹枝之前，我想應該還有生命……」

「唔。」

「既然如此，當葉子離開樹枝那瞬間，是否也同時喪失了生命？有關這點，我始終想不通。」

博雅又拿起蜜蟲幫他倒滿的酒杯，望著晴明。

「比如說，晴明，剛剛飄落的那葉子，雖已離開樹枝，但看上去卻又新鮮得有如還活著。另一方，不也有些葉子一直留在枝上直至冬天，在樹枝上枯萎嗎？」

「嗯。」

「又比如說，晴明，若我摘下還留在樹枝上的葉子，那時，葉子是否算是死了？」

「……」

「不，或許別用葉子，用樹枝來比喻較容易懂。比如說，我折斷結有花苞的櫻樹枝，這樹枝雖折斷了，但應該還有生命吧？因爲只要將折斷的樹枝放進花瓶水中，花苞依舊會開花。」

「唔。」

「那株楓樹，毫無疑問有生命。」

「的確有。」

「楓樹上的葉子，是活的。」

「嗯，是活的。」

「那麼，剛剛飄落的葉子呢？還活著嗎？若還活著是何時才死？若已死了

又是何時死的？把折斷的樹枝插在水中讓樹枝繼續活著，是否等同於將生命一分爲二？而那葉子是否本來有各自的生命？如果是，那株樹不就等於擁有眾多生命？或許，像樹枝那般切斷人的手腳，搞不好手腳其實還活著……」

說到此，博雅才將手中的酒杯送到脣邊。

「晴明啊，想到這些問題時……」

「唔。」

「我的腦筋就纏在一起了。對於『何謂生命』這問題，怎麼想也想不通。最後，就總是……」

感到很不可思議。

博雅向晴明說，每次這種「感到很不可思議」的感慨，會變成嘆息而從自己口中溜出來。

「那跟咒有關。」晴明低聲道。

「又是咒？」

「不想聽咒？」

「不是想不想聽的問題，而是你每次一提起咒，我就一個頭兩個大。」

「可是，即使我不提起咒，你也是一個頭兩個大呀。」

「話雖如此，只是……」

「好吧。」晴明不等博雅全部說完，搶先道。

「好什麼？」

「我不提咒。」

「嗯。」

「不提咒，我說個有關水的比喻。」

「水？」

「用水比喻，嗯，若要更簡單一點，那就用河川來比喻好了。比如說，所謂生命，就像河川。」

「河川？」

「嗯，河川。」

「河川怎麼了？」

「博雅，何謂河川？」

「河川……河川……」博雅看似在思索，結結巴巴的，最後說：「河川不就是河川嗎？」

「河川的確是河川，難道沒有其他說法？」

「其他說法？」

「所謂河川，正是水流。」

「水流？」
「水自高處往低處流正是水流，形成河川。」
「嗯。」
「鴨川或其他河川都好，總之，比如說，這兒有條河川。」
「嗯。」
「水在流動。」
「嗯。」
「那你說，這條水流中，到底有幾條水流？」
「幾條？那很簡單啊，鴨川的話，就只有鴨川這條嘛。」
「那麼，用水桶汲取水流，再拿到某個高處，讓水桶中的水一點一點的往低處流，結果會怎樣？」
「會怎樣？」
「會形成另一條水流，雖然規模很小，但應該也可以稱其爲河川吧？」
「可以是可以，可是，那河川馬上就停止流動了。」
「那，插在水中的折斷樹枝呢？」
「樹枝？」
「那樹枝雖可以暫時活著，但不會比原本的樹長壽。道理跟我現在說的河川一樣吧?」

「這……」

「既是單獨的生命,同時又擁有無數的生命。既是單獨的水流,同時又擁有無數的水流。」

「唔,嗯。」

「單獨物體中有無數物體,而無數物體其實也是單獨物體。所謂生命,並非樹就一定是樹,葉子就一定是葉子。河川——也就是水流,水流並非一定是水。」

「……」

「然而,所謂生命,無論是樹、葉、花、蟲、魚,它們只能以自己的形狀存在於這世上。水流也是。」

「……」

「水流並非水,可是,若沒有水,也就沒有水流。」

「……」

「從一株樹,無法只取出生命。河川也一樣,我們無法將水留在河川,只取出水流……」

「唔。」

「這道理若用佛教教義來比喻，便是『空』。」

「空？」

「簡單說來，這世上所有一切都中了咒。」

「什麼？」

「佛法的『空』與『咒』，追根究柢是一樣的。只是，色調有些不同而已。『咒』，正是一度穿過人心的『空』。人類在佛法原理的『空』上，加上人類的味道——就成爲『咒』了。」

「喂，晴明！」

「幹嘛？博雅。」

「講到最後，你還是講到咒了。」

「是嗎？我講了？」

「講了。」

「唔。」

「你講到河川的比喻時，我覺得好像有點理解了。可是你一提起咒，我又如墮五里霧中，摸不著頭緒了。」

「抱歉。」晴明脣邊掛著微笑。

「晴明啊，向人道歉時，不應該笑。」

「抱歉。」

「眼睛在笑。」

「別生氣，博雅。」晴明右肘擱在支起的右膝上，換了話題。「話說回來，博雅……」

「什麼事？」

「若你沒喝太醉，待會兒陪我出門一下。」

「陪你出門？去哪裡？」

「不知道。」

「你叫我陪你，而你卻不知道要去哪裡？」

「大概從朱雀大路往南走，走到羅城門附近就可以吧。」

「什麼？」

「有人託我找東西。」

「找東西？」

「嗯。」

「誰託你找東西？」

「這個……說是誰，倒也很難稱呼，就是照料性空聖人身邊瑣事的那位大人。」

「性空聖人？播磨國那位？」

「嗯。正是飾磨郡書寫山圓教寺那位性空大人。」

「可是，性空大人爲什麼託你……」

「不，不是性空大人託我的。我不是說過託我找東西的是服侍性空大人的那位嗎？」

「到底是誰？」

「等對方來了，你就知道了。」

「對方會來？來這兒？」

「嗯。」晴明點頭。

二

性空聖人生於播磨國。是官階從四品下、橘朝臣善根的兒子。母親是源氏。

她生過很多孩子，每次都因難產而痛苦不堪，腹中懷了老么性空聖人時，曾服毒藥想讓腹中孩子流產，卻不見效。

源氏不知如何是好時，做了個夢。

夢中出現毗沙門①，向她說：「到播磨國生下這孩子。」

她將此事告訴丈夫及家人。

「我比較擔憂妳的身子，不在乎下一個孩子。」

「伊耶那岐和伊耶那美②生下蛭子時，也因孩子殘疾而將他流放大海。」

丈夫與家人都如此說，堅持要她流產。

於是源氏只帶了幾個負責身邊瑣事的隨從，不告訴任何人目的地，前往播磨國。因此，性空聖人才得以平安降生於這世上。

性空聖人誕生時，出現幾個吉兆。

據說，上天傳來鐘響，且從天空飄下黃金粉，撒在聖人誕生的住居。

聖人嬰兒時期時，某天，乳母抱著御聖人哄他睡，自己卻昏昏沉沉先睡著了。過一會兒，乳母醒來時，發現懷中的嬰兒不見了。

大家慌慌張張四處尋找，最後在住居北方泥牆旁，發現還是嬰兒的性空聖人單獨坐在地上玩。

出生不久還未學會走路的嬰兒，究竟如何單獨來到此地？

聖人自幼兒時便不殘殺任何生物，也不同別人嬉戲，只坐在安靜的場所冥想。篤信佛法，亟欲出家。

十歲時，受教《法華經》八卷。

①即四大天王中的北方多聞天。

②日本神話中，創造出世界的男神、女神。

十七歲戴冠。其後跟隨母親前往日向國③。二十六歲出家。
出家後閉居霧島，日夜朗誦《法華經》。
這時期也出現了吉兆。
性空因過於熱衷誦經，沒時間到外面向人乞討食物。可是，奇怪的是，只要食物吃完了，不知何時門下便會出現三塊烤過的年糕。
只要吃一塊年糕，性空就可以持續幾天都不吃任何東西。
離開霧島後，移居筑前國④背振山，三十九歲已能夠背誦《法華經》。目前在出生地播磨國飾磨郡書寫山蓋了座十八尺的小庵，住在庵內。
不知何時開始，也不知何人起首，人們習慣稱那小庵為圓教寺。
皇上也曾幾度行幸此庵。
某次，有位名為延源阿闍梨的傑出畫家，伴隨皇上行幸，畫下聖人御容。作畫時，據說大地震撼不已。
不過，無論大地如何搖晃，卻沒發生物品傾倒或房屋損毀的事。
皇上感到很奇怪，詢問性空，聖人回道：
「這現象是因為在畫我的畫像而發生，不必恐懼。」
以上這些傳聞，博雅在宮中也曾聽過。因此博雅才會問：
「播磨國那位？」

③今日本國宮崎縣。
④今日本國福岡縣。

三

「可是，你說照料性空聖人身邊瑣事的是……」博雅問。

「我會按部就班說給你聽。在這之前，博雅，你聽過朱雀大路最近發生的怪事嗎？」

「怪事？」

「唔，例如，藤原清麻呂大人的事？」

「喔，那事我聽說了。是清麻呂大人外出時，突然牛暴跳起來，引起一陣騷亂那事？」

「沒錯。」

「聽說不但牛車倒了，清麻呂大人的手也受傷了。」

「其他呢？」

「其他？對了，聽說某天夜晚，橘將隆大人出門訪妻時，不知被蟲還是什麼東西給螫了脖子。」

「是嗎？」

「聽說冷不防就被螫了。若是蜜蜂那類的，應該有嗡嗡聲，可是橘將隆大人沒聽到任何聲音，突然就被刺了。他慌忙用手按住脖子，但蟲已不見，

好像飛走了。」

晴明等博雅說完，望著博雅道：

「其實，還有其他類似的怪事。」

「還有？」

「西京有個男人到京城來賣柴，結果在朱雀大路也被那蟲螫了。」

「蟲？」

「暫且說是蟲吧。」

「還有其他怪事？」

「有。兩天前，平行盛大人騎馬到朱雀大路，結果馬突然暴跳起來，把行盛大人摔在地上，摔到肩膀，聽說肩膀脫臼了。」

「唔，這也發生在朱雀大路？」

「嗯。」晴明點頭。

「總之，據我所知，最近五天內，大致發生了八件類似的事。」

「八件？」

「嗯。」

「你叫我陪你出門的目的，與這事有關？」

「嗯，有關。」

「我們要到朱雀大路？」

「正是。」

「陪你去無所謂，現在就去嗎？還是……」

博雅還未說畢，晴明望向庭院說：「應該快了。」

「快了？」

「我剛剛說的那位大人，好像回來了。」

「什麼？」

「你來這兒之前，對方已來過了。他出門辦點事，現在回來了。」

晴明語未畢，已有人繞過宅邸角落往這邊走過來。

撥開有如秋天原野的茂密草叢，出現在眼前的人，是個十四、五歲的童子。

「晴明大人……」童子彬彬有禮地向晴明欠身，說：「我告訴對方事由後，對方說，既然如此，就暫時讓我住在那兒。」

「太好了。」

「托晴明大人的福。」

「那麼，你就在那兒等候消息吧。找到了，我會馬上送過去。」

「謝謝晴明大人……」童子再度欠身。

童子的欠身方式和口吻，都很老成。

「那我就在那兒等候消息，望晴明大人酌情處理。」

童子再三道謝後，再度撥開草叢消失於彼方。

待童子完全不見蹤影時，博雅以充滿好奇的眼神望向晴明，打翻水桶似地滔滔不絕：

「剛剛那到底怎麼回事？你等的人是剛剛那童子？那童子就是你說照料性空大人身邊瑣事的人？若是，爲什麼你稱那童子爲『那位大人』？我完全搞不懂……」

「慢慢就明白了。」晴明說。

「不要慢慢，你現在就告訴我。」

晴明彷彿聽而不聞，站起身說：「走吧，博雅。」

「喂，晴明……」博雅也將身體重心從臀部移到腳跟。

「不去嗎？」晴明若無其事地說。他已打算跨開腳步了。

「等、等等……」博雅慌忙抬腰。

「去嗎？」

「去。」博雅點頭，站起身。

「走。」

「走。」

事情就這樣決定了。

四

步下牛車，晴明與博雅走在朱雀大路。自北往南。

兩人在陽光下信步南下。

有賣柴的人，也有人牽著負載貨物的馬，同樣在朱雀大路南下。

正面遠遠可見羅城門。羅城門左方是東寺塔，右方是西寺塔。

博雅邊走邊發牢騷。

「晴明啊，你怎麼什麼事都不告訴我？」

博雅似乎對此事心懷不滿。

「沒那回事。」晴明邊說，邊徐徐前行。

他左手提著用繩子綁住的酒瓶。

「有那回事。」博雅斷然地說，「再說，你手上提的是什麼？」

「酒。」

「我知道是酒。我是想問，你沒事特意提壺酒來這兒幹嘛？」

「若找到目標物，我想就地喝一杯。」

「所以我一直在問到底要找什麼？到現在爲止，我不是問過好幾次了？但你總是不肯回答。」

「要不要猜猜看？」晴明說。

「剛剛你說要告訴我，怎麼現在又要我猜？」

「你沒把握猜得出來？」

「不，我不是在說有沒有把握猜出來這問題，我是說，你不是說待會兒要告訴我嗎？」

「我哪時說過要告訴你？」

「說過。」

「我是說，你遲早會明白。」

「遲、遲早？」

「我說過你會明白，沒說要告訴你。」

「你這種講法太壞心了，晴明，我……」

「所以才問你要不要猜猜看呀。」

「猜猜看？」

「對。你現在應該已經知道我到底想找什麼。」

「不知道。晴明，爲什麼我應該知道？」

「因爲我告訴過你一切了，你應該已經知道答案。」

「什……」

「博雅，你聽好，首先，這問題與某地方有關。」

「某地方？」

「性空大人現在住在哪裡？」

「住在播磨國。」

「看，你不是知道了？」

「我知道他住在播磨國，但從這點就可猜出到底想找什麼嗎？」

「猜得出。」

「猜不出。」

「你知道性空大人出生時的種種事吧？」

「唔，嗯，這又怎麼了？」

「這是第一點。」

「什麼第一點？」

「第二點，是吉備眞備大人⑤。」

「爲什麼在這節骨眼出現吉備眞備大人的名字？眞備大人早就過世了。」

⑤吉備真備（西元六九五—七七五年），奈良時代的漢學者、貴族。曾隨同遣唐使者在大唐留學十七年，最後升任為右大臣（右相國）。

「吉備眞備大人自唐國回來後，開創了什麼？」

「不是廣峰祇園社嗎？」

「廣峰祇園社在哪裡？」

「不就播磨國嗎？吉備大臣在播磨國夢見牛頭大王，爲了祭祀牛頭大王，才開創廣峰祇園社呀。」

「吉備大臣對鐵和黃金有深刻的了解。」

「嗯。」

「當初興建東大寺大佛殿的毗盧舍那佛時，在幕後東奔西走，爲了籌措鑲在大佛上的黃金而付出最大力量的，正是吉備眞備大人。」

「……」

「吉備大臣也是我們陰陽道的始祖。所以吉備大人當然與該地關係匪淺。」

「該地？」

「是啊，該地產鐵。」

「播磨國？」

「沒錯。」

「我是問，播磨國又怎麼了？」

「博雅，你回想一下，是不是曾聽過，性空聖人出生時緊緊握住左掌這事？」

「唔，嗯。」

「他左手到底握著什麼？」

「是、是針！晴明，不就是針嗎？」

「沒錯。而說到針呢？」

「針不就是播磨國盛產之物嗎？」

博雅剛語畢，晴明用左手在博雅胸部輕輕頂了一下。

博雅幾乎跌倒，說：「你、你幹什麼？晴明……」

還未說完，博雅似乎看到眼前有個發光的東西。

看到那亮光時，晴明已伸出右手，在博雅眼前的半空撫摩。

博雅站穩腳步，高聲叫起：「怎、怎麼回事？晴明！」

晴明在緊握的右手上二度呼氣，口中喃喃唸起咒文。

「結束了。」晴明說。

「什麼結束了？」

「你看。」

晴明伸出右手，在博雅面前張開手掌。晴明右手中有一根針。

「這是什麼？」

「針。」

「我知道是針，我是問，這針怎麼了？」

「剛剛說過了，性空聖人出生時，手掌中握著的正是這根針。」

「你在說什麼，我不懂。」

「我想找的，正是這根針。」

「什麼？」

「走吧。」

「走？去哪裡？」

「西京。」

「……」

「到蘆屋道滿大人那兒。」晴明道。

五

晴明與博雅跨過崩塌的泥牆，朝裡前進。

放眼望去都是雜草。是秋草。

這庭院同晴明宅邸的庭院有點類似，不過，晴明宅邸的庭院雖看似無人修整的荒野，其實仍適當加入晴明的意向。

能當藥草的，都有意聚集一處，也有最低限度的拾掇。

而此處，簡直是荒野。

秋草恣意生長，叢生的芒草花穗比人還高。

晴明看似對這兒很熟悉，跨出腳步，撥開芒草往裡前進。

眼前出現正殿。說是正殿，其實不大。是座破廟。

屋頂到處都倒塌了，屋瓦也掉落了。連屋頂上都長了雜草。芒草花穗和敗醬草在屋頂搖曳。

窄廊地板也裂開掉在地上。地板下也長出雜草，令人不敢相信這兒竟有人住。

的確有人。

有個衣著襤褸的老人，橫躺在窄廊。

他右腋朝下，支著右肘，頭擱在右掌上，正望著走進來的晴明與博雅。

老人是蘆屋道滿。身上穿的看似公卿便服，卻破爛不堪，令人無法立即看出那本來是什麼衣服。

白髮。

白髯。
望著兩人的一雙黃眼，炯炯發光。
老人——道滿身旁——坐著方才到晴明宅邸的那位童子，正在爲道滿揉腰。
「來了嗎？晴明。」道滿橫躺在原地說。
「我帶酒來了。」
打招呼前，晴明便先舉起左手提的酒瓶。
道滿臉上出人意表地露出柔和笑容。
「呵，你眞貼心。」道滿坐起身，盤坐在原地，問晴明：「情況如何？」
「順利找到了。」
聽晴明如此說，道滿身旁的童子支起腿來，喜不自禁叫道：
「眞的嗎？」
「總之，上來吧。」道滿說。
聽道滿如此催促，晴明登上窄廊。博雅也隨後登上窄廊。
晴明與博雅隔著適當的距離，坐在道滿、童子面前。
咕咚一聲，晴明將酒瓶擱在窄廊。
「讓吾人看看。」

「是。」

晴明伸出右手，張開手掌。掌中有那根針。

「是這個？」道滿問。

「我鎮撫過了，應該不會再擅自做些什麼。」

「看來是如此。」道滿取起針。「性空的針，夠厲害。」

「是。」晴明點頭。

道滿轉身面向童子，遞出針說：「怎樣？要不要拿拿看？」

「不，我吃夠苦頭了。」童子搖頭拒絕。

「向晴明道謝。」道滿說。

「晴明大人……」童子轉身面向晴明，正襟危坐地說：「這回承蒙您相助，感激不盡。若非晴明大人出面，真不知我的下場如何……」

「我沒做什麼大不了的事。多虧這位博雅大人的幫助，我讓他在朱雀大路再三說出『播磨』這詞，才能找到這根針。」

晴明雖如此說，童子依舊誠惶誠恐。

「喂，晴明……」博雅終於忍耐不住，說：「我還是一點都不明白。我到底幫了你什麼？你讓我再三說出『播磨』這詞，到底是什麼意思？」

「抱歉，博雅，你聽我慢慢說明。」

晴明邊說邊從懷中取出四只素陶酒杯，擱在窄廊。

童子拿起酒瓶，在博雅面前的酒杯斟酒。

「博雅大人，請用。」

「唔，嗯……」博雅伸手取盛滿酒的酒杯。

「請用……」童子再於道滿、晴明的酒杯斟酒。

道滿舉起酒杯，津津有味地一口氣喝乾，心滿意足地喃喃自語：「好酒。」

待三人都喝下杯中酒，童子又於空酒杯斟酒。斟畢，童子說：

「首先，讓我說明事情的來龍去脈。」

童子再度望向大家。

「不久前，我在播磨性空聖人身邊服侍……」

童子開始述說。

「這根針，是我從性空聖人那兒偷出來的……」

六

某天——

有個童子造訪了在播磨書寫山修行的性空聖人。

古籍記載：矮小精悍，強壯有力，赤髮。

那童子又矮又壯，看起來很結實。奇怪的是，他有一頭紅髮。

「能否讓我在御聖人身邊服侍？」童子如此說。

此時，性空聖人身邊已有幾位弟子或童子，邊修行邊照料聖人的身邊瑣事，或整理寺廟，或做種種雜事。

「既然如此……」聖人依然答應讓童子留下。

這紅髮童子非常勤奮。

砍樹木搬運木頭時，他一人抵得過四、五人；要他出門辦事，即使目的地遠在百町外，他也能有如只到二、三町外辦事一樣，不花多少時間便完事回來。

「這眞是極爲貴重的人才。」

弟子都非常欽佩這位童子，唯獨性空聖人不以爲然。

「這童子，眼神凶悍，我不喜歡。」

聖人看似有點在意童子凶悍的眼神。

約莫過了一年——

性空聖人身邊有個年齡比這童子大些的童子。某天，兩個童子爲了點小

事而爭吵起來。

「是你不好！」

「不，是你不對！」

雙方相持不下，吵著吵著，紅髮童子竟出手打了對方頭部。

「看我修理你！」

只一拳而已，年紀大的童子竟仰面朝天摔倒，全身無法動彈。

其他弟子見狀聚集過來，抱起年紀大的童子，拍他的臉頰，用冷水沖他臉，好不容易才讓童子甦醒過來。

聖人聽聞此事，說：「正因爲如此，我才說不用。」

性空聖人以前就說過，早知道就不該留下這童子。

「因某種原因，我留下了你，如今發生這種事，我無法繼續留你下來。」

性空聖人向童子說，「你速離此地。」

童子哭哭啼啼懇求聖人饒恕。

「請不要如此說，請留我下來。我若回去，會遭重罰。」童子潸潸淚下，「是主人命我來這兒殷勤服侍聖人的。」

童子說是主人派他來服侍性空聖人，若聖人趕他回去，他定會遭受嚴厲懲罰。

然而，聖人不改初衷。

「不，不行。」

既然聖人如此堅持，童子也就毫無辦法。童子邊哭邊走向大門，一走出大門，身影立即消失。

「那到底是什麼？」

「難道是妖物？」

「若聖人早就知道他是妖物，當初應該不會留他下來。」

弟子皆議論紛紛。

性空聖人得知此事，向眾弟子說：

「因某種緣故，我一直瞞著大家，如今發生這種事，再瞞下去可能會影響大家的修行，我就說出來。」

性空聖人開始講述緣故。

「事情發生在一年前……」

某夜，聖人入眠時，夢中出現了毗沙門。

「你有何不便嗎？」毗沙門如此問性空。

「我想找個可以幫我處理身邊瑣事的人。」性空回答。

在此，性空聖人便醒來了。沒多久，那紅髮童子就來造訪性空。

「那麼，那是毗沙門派來的童子？」

「正是。」

「可是，毗沙門爲何……」

「那是毗沙門眷屬之一的護法童子。」

「原來是……」

「我看到他的當時便知道了，因他性情暴躁，本不想讓他留下。只是，這本是我向毗沙門提出的要求，只好暫且留下，打算眞出了什麼事再趕走。」聖人說。

「是哪位護法童子？」弟子之一問。

「東寺的善膩師童子。」性空回道。

話說回來，童子離開當天，聖人平素十分珍惜、也就是聖人出生時握在掌中的那根針，竟自平常保管之處消失了。

七

「是我偷出針，一起帶到京城來的。」童子說。

「那麼，你是……」博雅望著童子。

「我是善膩師童子。」童子望著博雅，報出自己身分。

「這、這……」

「平常在教王護國寺內，同吉祥天守在毗沙門身邊的，正是我。」童子說出驚人之語。

博雅聽畢，一時難以置信。

然而，看晴明的表情，童子說的似乎是事實。

「可是，善膩師童子大人，您又爲何偷出聖人的針？」博雅問。

「我以爲只要偷走聖人的寶物，聖人必定會立即察覺，馬上追趕我。」童子道。

「若聖人追來，我打算再度懇求聖人留我下來。我本來想告訴聖人，願意把針還給聖人，希望聖人重新考慮，務必留我下來……」

童子流下眼淚。

「可是，我的想法錯了。」

童子低下頭。

「我一直在等聖人追上來，邊等邊來到京城，最後來到羅城門。可別說是聖人了，誰也沒追來。」

「然後呢？」

「我發覺手中的針，離播磨愈遠就愈是發熱，到羅城門附近時，針已燙得通紅，根本無法繼續拿在手中。」

若把針帶回東寺，不知會受毗沙門什麼處罰。左右爲難時，針又愈來愈熱，終於忍受不住。「我就不由自主拋掉針了。」童子說。

拋掉針後，童子也不能就此回東寺。可是，也無法回播磨。他在朱雀大路徘徊了一陣子，想找回拋掉的針，卻找不到。

不久，便開始發生怪事。

有蟲般的東西在朱雀大路刺螫路過的牛馬與行人。但是，沒人知道那蟲子到底是何物。

「經過調查後，我才知道一件事。」晴明說。

「什麼事？」博雅問。

「被蟲子螫到的，都是打算前往播磨的人或牛馬。」

「什麼！」博雅叫出聲。

「這時，善膩師童子大人正好出現。」晴明道。

「我找不到針，束手無措，只得到晴明大人那兒求救。」童子解釋。

「所以我才知道蟲子的原形。」

「原形？」

「正是這根針。」晴明望著道滿指尖的針。
「可是，爲什麼這針會刺人？」
「這針大概很想回到播磨性空大人身邊吧。針打算刺在前往播磨的人或馬身上，讓他們把自己帶回播磨。可是，不愧是性空大人的針，每逢察覺自己刺傷了人或動物，便馬上離開對方落到地上。」
「所以才會再三發生同樣怪事？」
「嗯。」
「那，晴明，你在朱雀大路讓我幾度說出『播磨』這詞，是想……」
「是想讓落在朱雀大路的針大人，來刺博雅大人你呀。」
「爲什麼不早告訴我？」
「我若於事前向你說明，你大概會心生恐懼。而當你說出『播磨』一詞時，只要內心懷有絲毫恐懼，那恐懼會凝聚詞中。如此一來，性空大人的針，就不會飛來刺你了。」
「原來如此。」博雅點頭，「可是，我還有一件事不明白，就是有關道滿大人的事。」
「什麼事不明白？」道滿問。
「博雅，這很簡單。」晴明代道滿回答，「道滿大人是播磨人。」

「所有播磨的陰陽法師，都服從道滿大人。」
「……」
「嗯，確實如此。」
「性空大人最初能在書寫山蓋庵，其實都虧道滿大人在幕後斡旋。」
「原來如此。」
「找到針後，我想託道滿大人從中調解這問題。」
「哦。」
「正因爲我認爲一定可以找到針，才將善膩師童子大人託給道滿大人。」
晴明說。
「事情就是如此。」道滿點頭，「只要找到針，吾人就可以向性空說情。」語畢，道滿咯咯大笑。
不知何時，道滿的酒杯已空了。
道滿讓童子爲他斟酒，再度津津有味地喝起酒來。
「原來如此。」博雅讚賞地說。
「喝吧，博雅。」道滿握住酒瓶，伸向博雅。
「好，喝。」博雅舉起酒杯點頭。
「如何，博雅，喝下這杯後，能否吹個笛子來聽聽？」晴明說。

「好。」博雅點頭。

「喔，博雅大人的笛子？吾人也想聽。」道滿道。

如大家所望，博雅喝完酒後，開始吹起笛子。

嘹亮笛聲響徹秋野，風，將笛聲送至蒼天。

八

其後，經道滿從中說情，童子終於回到性空身邊。

性空一直到寬宏五年⑥才逝世。享年八十。

性空過世後，童子再度回到東寺。

那童子——善膩師童子——的左手，據說留下一道細長焦痕，一段日子後才消失。

⑥西元一〇〇八年。

後記

晴明與博雅的情景

《陰陽師》也成爲長篇系列小說了。

想當初，剛動筆寫此故事時，正是每年約寫一本《幻獸少年》、《狩獵魔獸》系列的時期吧。

現在則不僅《陰陽師》，除了上述那些較早出現的系列小說外，還有《餓狼傳》等也還在持續寫。

《陰陽師》是短篇小說形式，但上述那些是長篇小說，等於寫了二十多年，各篇故事都還未結束。

沒想到竟能如此長壽。

在我的小說中，至今爲止最暢銷的是《狩獵魔獸》第一卷。

當初就是將《狩獵魔獸》視爲假想敵，想寫出可以超越《狩獵魔獸》的故事。而寫出來的正是《陰陽師》。

結果，《陰陽師》第一卷的銷售量，終於在去年超過了《狩獵魔獸》第一卷的銷售量。

之間共花了十六年。

換句話說，去年開始，《陰陽師》變成我目前執筆的所有其他小說的假想敵了。

所以我下次必須寫出凌駕《陰陽師》的故事。

《狩獵魔獸》仍在連載，或許還有可能勝過《陰陽師》。《餓狼傳》的銷售量目前也在增加。

《幻獸少年》至少還要十多年才能完結，也就無法預測何時會因何種原因而交替名次。

最近在小學館的《電視SARAI》雜誌，又開始連載非常有趣的故事《大江戶恐龍傳》。

《陰陽師》絕不能疏忽大意。

話又說回來……

這回的晴明、博雅搭檔故事，每篇都很有趣。

我在《陰陽師》中所寫的情景，是想讓任何人於哪一篇開始讀起，都會看到晴明與博雅坐在窄廊，如常喝酒、如常聊天的情景。

我寫這系列故事時，都儘量不讓內容脫離此情景。

或許有點類似電影《男人眞命苦》。

每次去看電影，柴又的「寅屋」一定可見叔父、嬸母，也有妹妹櫻子和阿宏，寅次郎更老是在跟章魚社長吵嘴……

就如同貝克街二百二十一號B室，總是可見福爾摩斯與華生一樣，晴明與博雅也總是坐在那窄廊喝酒……

不知該說為難或該說高興，但此情此景，再多我也寫得出來。

我不怕千篇一律。

甚至認為正是千篇一律的寫法才成功。

我自己已完全習慣有晴明、博雅兩人在的情景，最近更感到，其實我不是寫手，而是那現場中的空氣。

每次要寫故事第一行時，我會照自己所處的現實季節開始寫。

若是春天，我就寫櫻花或嫩芽；若是冬天，就從雪景寫起。

寫第一行時，若湊巧是雨天，我就寫身在雨中的氣氛。

所以，現實中的我，可以自然而然地進入那情景。

總之，無論何時，我都可以輕易地從那鏡頭開始寫起。

故事起首——也就是故事的第一行，通常是我寫稿當時的心情。

事情就是這樣。

看樣子，我將終生寫下去。

也請各位讀者陪我讀下去。

二〇〇三年　二月十七日　於小田原

夢枕獏

夢枕獏公式網站「蓬萊宮」網址：http://www.digiadv.co.jp/baku/

作者介紹

夢枕獏（YUMEMAKURA Baku）

日本SF作家俱樂部會員、日本文藝家協會會員。生於神奈川縣小田原市，東海大學文學部日本文學系畢業。嗜好是釣魚，特別熱愛釣香魚。也熱中泛舟、登山等等戶外活動。此外，還喜歡看格鬥技比賽、漫畫，喜愛攝影、傳統藝能（如歌舞伎）的欣賞。

夢枕先生曾自述，最初使用「夢枕獏」這個筆名，始自於高中時寫同人誌風的作品。「獏」這個字，正是中文的「貘」，指的是那種吃掉惡夢的怪獸。夢枕先生因爲「想要想出夢一般的故事」，而取了這個筆名。

年表：

一九五一年	一月一日生於神奈川縣小田原市。
一九七三年	東海大學日本文學系畢業。
一九七五年	到海外登山旅行，初訪尼泊爾。
一九七七年	在筒井康隆主辦的SF同人雜誌《NEO NULL》、及柴野拓美

主辦的《宇宙塵》上發表作品。在《NEO NULL》上發表的〈蛙之死〉受到業界人士注意，同作轉至SF專門商業出版雜誌《奇想天外》刊登而成爲出道作。之後在《奇想天外》發表中篇小說〈巨人傳〉，而正式開始作家之路。

一九七九年　在集英社文庫Cobalt推出第一本單行本《彈貓的歐爾歐拉涅爺爺》。

一九八一年　在雙葉社推出第一次的單行本新書《幻獸變化》。

一九八二年　在朝日Sonorama文庫推出Chimera系列第一部《幻獸少年Chimera》。

一九八四年　在祥傳社Non-Novel書系發表的「狩獵魔獸」系列三部曲成爲暢銷作。

一九八六年　循《西遊記》裡的旅途前往中國大陸作取材之旅，從長安到吐魯番。「陰陽師」系列開始連載。

一九八七年　繼續西遊記行程。下半年與野田知祐一同在加拿大的育空河泛舟。

一九八八年　第三次踏上西遊記的旅程，到天山的穆素爾嶺。文藝春秋社出版《陰陽師》。

一九八九年　以《吃掉上弦月的獅子》奪得第十屆日本SF大獎。

一九九〇年　《吃掉上弦月的獅子》獲頒星雲賞平成元年度日本長篇獎。

一九九三年　十月爲坂東玉三郎所寫的〈三國傳來玄象譚〉在東京歌舞伎座「藝術祭十月大歌舞伎」上演。

一九九四年　出任日本SF作家俱樂部會長。岡野玲子改編的漫畫作品《陰陽師》出版。

一九九五年　小說《空手道上班族班練馬分部》由NHK拍成電視劇，由奥田瑛二主演。在東京神保町的畫廊舉辦照片展「聖琉璃之山」（亦有同名攝影集）。文藝春秋社出版《陰陽師──飛天卷》。

一九九六年　爲坂東玉三郎作詞的〈楊貴妃〉在歌舞伎座上演。爲NHK BS臺的「釣魚紀行」錄影赴挪威。十月起在NHK總合臺「大人的遊樂時間」擔任常任主持人。爲電視節目「世界謎題紀行」錄影赴澳洲。

一九九七年　文藝春秋社出版《陰陽師──付喪神卷》。

一九九八年　於中央公論新社出版《平成講釋──安倍晴明傳》。

一九九九年　《陰陽師──生成姬》於朝日新聞晚報開始連載。

二〇〇〇年　文藝春秋社出版《陰陽師──鳳凰卷》。

二〇〇一年　四月，NHK製作、放映《陰陽師》，由SMAP成員之一的稻垣吾郎主演。六月，岡野玲子的漫畫版出版至第十冊。十月，電影「陰陽師」上映。由知名狂言家野村萬齋飾演主角「安倍晴明」，眞田廣之、小泉今日子等人共同主演。文藝春秋社出版《陰陽師—晴明取瘤》。

二〇〇三年　電影「陰陽師II」於十月上映。文藝春秋社出版《陰陽師—太極卷》。

二〇〇六年　首度來台參加台北國際書展，掀起夢枕旋風。

二〇〇七年　改編同名作品的電影「大帝之劍」由堤幸彥導演、阿部寬主演，於四月在日本上映。七月文藝春秋社出版《陰陽師—夜光杯卷》。年底配合首本繁體中文版《陰陽師》繪本《三角鐵環》來台舉辦簽書會，再度掀起《陰陽師》的閱讀熱潮。

二〇〇八年　雙葉社出版《東天的獅子》系列。

二〇一〇年　文藝春秋社出版《陰陽師—天鼓卷》。角川書店出版與天野喜孝、叶松谷共同合作的《楊貴妃的晚餐》。

二〇一一年　以《大江戶釣客傳》獲得第三十九屆泉鏡花文學獎、第五屆舟橋聖一文學獎。改編《陰陽師》的漫畫家岡野玲子訪台。同年傳出陳凱歌將與日本電影公司合作《沙門空海》的電影拍攝作業。文藝春秋社出版《陰陽師—醍醐卷》。

二〇一二年　以《大江戶釣客傳》獲得第四十六屆吉川英治文學獎。十月文藝春秋社出版《陰陽師—醉月卷》。適逢《陰陽師》出版二十五週年，文藝春秋社也同步出版《陰陽師完全解析手冊》。

二〇一三年　八月參加NHK總合台的柳家權太樓的演藝圖鑑節目播出。九月在東京歌舞伎座上演《陰陽師—瀧夜叉姬》，創下全公演滿座紀錄。十月小學館出版長篇小說《大江戶恐龍傳》系列。

二〇一四年　文藝春秋社出版《陰陽師—蒼猴卷》、《陰陽師—螢火卷》，後者出版後獲得十一月網路票選「二十歲男性閱讀的時代小說」第二名。

二〇一五年　曾獲第十一屆柴田鍊三郎獎的小說《眾神的山嶺》，將由導演平山秀行翻拍成電影，阿部寬與岡田准一主演，三月前往尼泊爾山區取景，將於二〇一六年於日本全國院線上映。暌違十二年《陰陽師》再度影像化，夏季將在朝日電視台播出同名SP電視劇，由歌舞伎演員市川染五郎主演。

二〇一七年　作家生涯四十週年，榮獲菊池寬獎及日本推理大賞。

國家圖書館出版品預行編目（CIP）資料

陰陽師. 第七部 太極卷 / 夢枕獏著 ; 茂呂美耶譯-- 二版.
-- 新北市 : 木馬文化出版 : 遠足文化發行, 2018.07
224面 ; 14 x 20公分. -- (繆思系列)
ISBN 978-986-359-555-7 (平裝)

861.57 107007863

繆思系列

陰陽師〔第七部〕太極卷

作者 / 夢枕獏（Baku Yumemakura） 封面繪圖 / 村上豐
譯者 / 茂呂美耶
社長 / 陳蕙慧
行銷企劃 / 李逸文・闕志勳・廖祿存
特約主編 / 連秋香
封面設計 / 蔡惠如
美術編輯 / 蔡惠如
內文排版 / 綠貝殼資訊有限公司

社長 / 郭重興
發行人兼出版總監 / 曾大福
出版 / 木馬文化事業股份有限公司
發行 / 遠足文化事業股份有限公司
地址 / 231新北市新店區民權路108之4號8樓
電話 / 02-2218-1417
傳真 / 02-8667-1891
Email：service@bookrep.com.tw
郵撥帳號 / 19588272 木馬文化事業股份有限公司
客服專線 / 0800221029
法律顧問 / 華洋國際專利商標事務所 蘇文生 律師
初版一刷 2005年5月
二版一刷 2018年7月
二版二刷 2022年10月
定價 / 新台幣280元
ISBN 978-986-359-555-7